LA FILLE DE L'ÉCRIVAIN

HENRI TROYAT
de l'Académie française

LA FILLE DE L'ÉCRIVAIN

roman

BERNARD GRASSET
PARIS

IL A ÉTÉ TIRÉ DE CET OUVRAGE
QUINZE EXEMPLAIRES
SUR VÉLIN PUR FIL DES PAPETERIES MALMENAYDE
DONT DIX EXEMPLAIRES DE VENTE
NUMÉROTÉS DE 1 À 10
ET CINQ HORS COMMERCE
NUMÉROTÉS H.C. I À H.C. V,
CONSTITUANT L'ÉDITION ORIGINALE.

I

— Nous allons être en retard !

— Eh bien ! Ils attendront !

Armand Boisier jeta un regard amusé à sa fille qui tenait le volant. Elle lui avait répliqué comme l'aurait fait sa mère, autrefois. Avec une joyeuse insolence. Isabelle aussi ne manquait pas de lui rappeler à l'occasion qu'il n'était pas n'importe qui ! Elle l'encourageait même à se montrer plus exigeant dans ses discussions avec son éditeur. Durant toute sa jeunesse, Sandrine, qu'on appelait tendrement Sandy en famille, avait entendu seriner que, si son père pouvait superbement écrire, il ne savait malheureusement pas défendre ses intérêts. C'était toujours la même antienne d'affectueux reproches. Depuis sept ans qu'Isabelle était morte, Sandy avait si bien pris la relève qu'en cet instant Armand

Boisier ne savait plus au juste laquelle des deux était assise à sa gauche, dans la voiture. N'ayant jamais voulu passer son permis, il s'abandonnait mollement à la sensation d'une direction et d'une vitesse que des mains de femme contrôlaient pour lui. Cela lui permettait de réfléchir commodément à l'étrangeté de sa condition actuelle. « Où en suis-je ? » avait-il coutume de se dire, de loin en loin, pour déterminer s'il ne se trompait pas sur lui-même. Quand il lui arrivait de consulter la liste des « Œuvres du même auteur » en tête d'un de ses livres, il était partagé entre la fierté d'avoir tant écrit et la crainte d'avoir travaillé pour rien. A quatre-vingt-cinq ans, il croulait sous les prix, les articles élogieux et les distinctions honorifiques. Après une « élection de maréchal » à l'Académie française et une série de nominations comme docteur *honoris causa* de diverses universités étrangères, que pouvait-il souhaiter encore ? Proche de la satiété, il mettait tout son orgueil à ne pas « lâcher la rampe ». Son seul souci était de prouver à ses lecteurs et de se prouver à lui-même qu'il n'avait pas perdu une once de son talent en prenant de l'âge. Dans l'ensemble d'ailleurs, le public le suivait sur sa lancée et reconnaissait en lui, de bouquin en bouquin, le maître des embrouilles familiales et des coups de théâtre amoureux. Des critiques l'avaient comparé jadis à un Dostoïevski mâtiné de Kafka et de Sade pour pimenter la sauce. Lui, dans ses meilleurs jours, se moquait de ces parrainages flatteurs. Lors de ses accès de déprime, il jugeait très sincèrement que tout ce qu'il avait pondu ne valait pas un clou. Par bonheur, au plus fort de ses doutes, Sandy savait le revigorer en quelques mots. Elle y mettait autant de doigté et de précision que si elle avait tourné le remontoir d'une montre. Grâce à elle, il oubliait même parfois qu'il était veuf. Il la regarda encore, obliquement, à la dérobée. A quarante-huit ans, elle en paraissait à peine trente-sept. Mince, brune, alerte, dotée d'un joli visage de chaton attentif, elle portait avec élégance un tailleur beige, très strict, rehaussé d'un foulard aux couleurs de l'automne. Visiblement elle s'était mise sur son trente-et-un pour la réunion d'aujourd'hui. A moins qu'elle ne l'eût fait pour séduire son père ? Il l'espéra vaguement. Sandy méritait mieux que cette maturité de sagesse et de solitude. Elle avait été mariée avec un homme charmant, Bill

Neistorg, banquier de son état, qui avait le tort d'aimer trop l'argent, de s'intéresser davantage aux cours de la Bourse qu'à ceux de son ménage, d'être foncièrement américain et de vouloir retourner dans son pays dès que l'occasion lui en serait offerte par la firme multinationale qui l'employait. Après onze ans d'un mariage cahoteux, ils avaient divorcé d'un commun accord et Bill Neistorg s'était envolé pour les Etats-Unis. Par chance, ils n'avaient pas eu d'enfant. Alors qu'Armand Boisier s'en était quelque peu affligé naguère, pour la forme, il s'en félicitait maintenant. Sandy aurait-elle pu se consacrer à lui si elle avait eu un fils, ou pis encore : une fille, source continuelle de soucis pour les parents ? Dès sa séparation d'avec Bill Neistorg, elle s'était entièrement dévouée à son père, troquant les incertitudes, les anxiétés, les projets, les déceptions, les espoirs d'une épouse de banquier contre ceux d'une fille d'écrivain. Hier encore, il avait eu avec elle une grande discussion à propos de son dernier livre — le cinquante-neuvième ! — dont la sortie en librairie était prévue pour octobre. Soucieux de préparer le terrain, Bertrand Lebroucq, Président-Directeur Général des Editions du Pertuis, avait prié son « auteur fétiche » de venir parler de ce roman, en avant-première, devant l'ensemble des représentants chargés d'en faire la promotion. Ce congrès de spécialistes du *marketing* devait se tenir à la fin de juin, à Deauville. Les « commerciaux » des Editions du Pertuis assuraient qu'en convoquant les meilleurs représentants de la maison dans une station balnéaire, fût-ce hors saison, on leur témoignait une sollicitude à laquelle ils ne pouvaient rester insensibles. Comme de juste, Sandy avait été conviée, elle aussi, à cette manifestation extra-parisienne en hommage à son père. Si elle n'avait pas été invitée, il aurait refusé de s'y rendre. Même à présent, roulant vers Deauville, il regrettait de s'être dérangé.

— Je me demande ce que je vais foutre là-bas, grommela-t-il, tandis que Sandy dépassait en trombe une grosse cylindrée à l'allure de corbillard.

— Il faut mettre toutes les chances de notre côté, papa !

— Je n'y crois pas beaucoup !

— A quoi ? A l'efficacité des représentants pour pousser un livre auprès des libraires ?

— Non ! A la valeur de mon bouquin !

— Tu recommences ! C'est fou ce que tu aimes te ronger d'inquiétude alors qu'il n'y a aucun motif pour ça ! Comme disait maman, tu es « le champion des fausses alertes » !

Il se tut, mécontent de lui avoir fourni un nouveau prétexte pour critiquer ses accès de doutes. Pourtant, ce roman, *Feu Monsieur Prométhée*, il l'avait commencé, l'année précédente, dans un élan d'enthousiasme prometteur. L'intrigue, assez audacieuse, évoquait les tourments d'un professeur d'histoire, spécialiste des civilisations anciennes, que ses élèves avaient surnommé, par dérision, « Monsieur Prométhée » et qui s'était voué au culte des dieux de l'Olympe.

Obsédé par le souvenir du légendaire voleur d'étincelles que la colère de Zeus avait livré à l'appétit d'un vautour dévoreur de foie, ce digne pédagogne, féru d'Antiquité et soupçonnant sa femme d'être la proie de Vénus, s'immolait avec elle, par le feu.

— Tu as bien tort de te tortiller pour rien, reprit Sandy. Je suis sûre que ton *Feu Monsieur Prométhée* fera un malheur !

— Tu disais la même chose pour mon précédent roman, et ce pauvre *Avanies* a finalement déplu à la critique !

— Mais pas au public ! Tu ne peux pas prétendre contenter à la fois ceux qui aiment lire et ceux qui aiment juger !

— C'est vrai ! concéda-t-il.

Sans détourner son regard de la route, elle ajouta :

— Moi, je suis tout à fait tranquille. Ça ne m'empêche pas de tiquer un peu sur le titre !

— Il te déplaît tant que ça ? *Feu Monsieur Prométhée*, c'est pourtant accrocheur, ça sort de l'ordinaire !...

— J'ai peur que la finesse de cette allusion n'échappe à la plupart des lecteurs qui n'ont pas une solide culture mythologique !

Elle lui avait déjà dit qu'elle eût préféré intituler ce roman *Les Violons de l'horreur*, formule qu'il jugeait absurde et démodée. Pour une fois, il avait tenu bon. C'était leur seul point de divergence sur le sujet.

— De toute façon, conclut-il dans un soupir, il est trop tard pour changer quoi que ce soit ! Les dés sont jetés ! — et il se rencogna dans le silence.

C'était elle qui avait choisi la cravate qu'il avait mise ce matin, en vue des réjouissances deauvillaises : celle, couleur lie de vin, avec des raies transversales gris clair. Sandy avait estimé que cela le rajeunissait sans pour autant en faire un géronte oublieux de son âge. Il avait confiance en elle car, de toute évidence, elle était la seule personne au monde qui n'eût pas intérêt à lui mentir. Il regrettait qu'à la mort de sa mère elle se fût refusée à venir habiter chez lui. Divorcée, sans compagnon et sans enfant, pourquoi avait-elle préféré rester dans l'appartement, trop grand et trop luxueux, qu'elle occupait déjà, rue Visconti, du temps de Bill Neistorg ? Comment pouvait-elle se plaire dans ce décor où elle avait été très probablement désappointée et humiliée durant son mariage, alors qu'elle eût été si heureuse dans les trois pièces exiguës mais confortables qu'Armand avait louées, rue des Saints-Pères, au lendemain de son veuvage ? Les femmes les plus sensées n'étaient pas à l'abri de pareilles lubies, se disait-il. Pourtant, quand elles avaient été douchées par une sévère déception conjugale, la plupart d'entre elles se repliaient, se restreignaient pour éviter les pièges de nouvelles aventures. Du moins était-ce ainsi que s'étaient comportées les dernières héroïnes des romans d'Armand Boisier. Au fait, n'était-il pas grand temps, pour lui, de se préparer au *show* publicitaire de Deauville ! A force de réfléchir à sa vie d'homme, il était sur le point d'oublier ses obligations d'écrivain !

Affalé sur son siège, il voyait défiler un paysage monotone et brumeux en songeant aux belles paroles qu'il débiterait tout à l'heure aux représentants pour les intéresser à son *Feu Monsieur Prométhée*. Pendant qu'il élaborait les commentaires qui aideraient son auditoire à comprendre la signification explosive du livre, le mouvement régulier de la voiture l'incitait à la somnolence. L'âge, la fatigue, le plaisir d'être là, enfermé dans une boîte de tôle avec Sandy qui conduisait pour deux, qui raisonnait pour deux, qui vivait pour deux, transformaient son engourdissement en une profonde béatitude. La tête renversée sur le dossier, les paupières à demi closes, il se donnait l'illusion de n'être pas à la fin de sa carrière, d'avoir encore beaucoup d'histoires à raconter, beaucoup de lecteurs à conquérir, et qu'avec *Monsieur Prométhée* il ne se bornerait pas à publier un cinquante-neuvième roman mais allait fêter un événement littéraire sans précédent, la seconde naissance d'Armand Boisier, son élection à une tout autre académie que l'Académie française, son intronisation dans le panthéon des écrivains les plus illustres de tous les pays et de tous les temps. Un instant, il crut même qu'il venait de haranguer les représentants et que sa femme le félicitait de son éloquence en s'écriant : « Tu les as tous mis dans ta poche ! » Il se réveilla au mot « poche », en entendant Sandy dire négligemment, tandis que la voiture ralentissait :

— On approche du péage de Pont-Audemer, papa. Je n'ai que des gros billets. Tu n'aurais pas de la monnaie dans ta poche ?

Il tressaillit, rendu, des pieds à la tête, à la réalité, et répondit gaiement :

— Si, Si ! J'ai tout ce qu'il faut, ma chérie !

II

Les exposés des auteurs avaient commencé peu après le déjeuner qu'on avait dégusté, tous ensemble, au restaurant de l'hôtel. A peine avait-on eu le temps d'avaler un somptueux repas à dominantes de fruits de mer et de vin blanc, qu'il avait fallu se rendre dans une autre pièce pour y prendre la parole. D'après le programme établi par les services commerciaux des Editions du Pertuis, le petit discours d'Armand Boisier devait clôturer la réunion « en beauté ». Son intervention était prévue après celle de cinq autres romanciers de moindre importance, dont les ouvrages figureraient, comme le sien, dans la première mise en vente d'octobre. Par une délicate attention, les écrivains comparaissaient un à un face à l'assemblée des représentants, sans qu'aucun des orateurs fût tenu d'assister à la performance verbale d'un confrère. On se succédait devant les « examinateurs » tels des candidats à l'oral du bac. Ce rappel d'un passé studieux agaçait Armand Boisier comme une punition anachronique. Assis avec Sandy dans un minuscule salon attenant à la salle des conférences, il se crispait en attendant son tour d'entrer en scène. Ils en mettaient du temps, les « jeunes camarades », à vanter leur marchandise ! Comment faisaient-ils pour dégoiser pendant plus d'un quart d'heure sur leur dernier-né ? Lui se demandait toujours ce qu'il allait pouvoir dire à un auditoire qui avait les oreilles rebattues d'arguments de vente. Enfin, son attachée de presse, Josyane Michaud, vint le chercher, mystérieuse et l'œil émerillonné :

— C'est à vous ! On vous attend avec beaucoup d'impatience ! Ils sont chauffés à blanc ! Vite, vite !...

Immédiatement, les quelques phrases qu'il avait préparées s'envolèrent de sa mémoire. Il suivit l'attachée de presse dans un état d'absence somnambulique. Sandy fermait la marche. Une salve d'applaudissements courtois les accueillit. Dès qu'il eut prononcé les premiers mots de son allocution, les inquiétudes d'Armand disparurent. Au vrai, il avait une grande habitude de ce genre d'exhibitions. Tout en les détestant, par principe, il reconnaissait leur utilité et s'amusait même, parfois, de la surprise que sa faconde, assez peu académique, suscitait parmi les auditeurs. Sans trop s'embrouiller dans le résumé des aventures de son héros et après en avoir extrait tout le suc en dix minutes de commentaires, il se tut avec l'impression d'avoir prêché dans le vide. Les bravos du public le rassurèrent ; le sourire appuyé de son attachée de presse lui prouva qu'il ne s'était pas trop mal comporté dans cet exercice d'autosatisfaction ; mais ce fut surtout Sandy qui, en abaissant et en relevant par trois fois les paupières, le délivra de son appréhension chronique. C'était le signal convenu entre eux. Puisqu'elle estimait, elle aussi, qu'il avait gagné la partie, il pouvait redresser la tête.

Déjà, selon la règle, les représentants, qui avaient écouté sans broncher les gloses d'Armand sur *Feu Monsieur Prométhée*, se hasardaient à poser des questions. Il y avait parmi eux une demi-douzaine de femmes. Elles étaient plus acharnées que les hommes à décortiquer la pensée de l'auteur. Armand s'imposa de répondre aussi bien à celle qui voulait savoir ce qu'il y avait d'autobiographique dans le personnage central qu'à celle qui le soupçonnait d'avoir imaginé cette fable pour dénoncer, sans en avoir l'air, les doctrines « permissives » de certains dirigeants politiques. Parmi les hommes, d'aucuns avouèrent carrément ne pas aimer le titre, trop abscons à leur gré.

Quand il eut assouvi la curiosité de ces messieurs et de ces dames du « commercial », Armand se demanda à quoi rimait cette messe de l'édition en vase clos. Alors qu'il regrettait presque d'être venu, toute la compagnie fut invitée, par Bertrand Lebroucq, à prendre le verre de l'amitié au bar de l'hôtel. Pas question de refuser. Armand eût aimé faire un tour dans Deauville pour s'aérer la cervelle et se dégourdir les jambes, mais il dut suivre le mouvement d'une salle à l'autre. D'ailleurs, il pleuvait à verse sur la ville et sur la plage. On était tout de même mieux à l'intérieur, dans la pénombre et la sourde quiétude de ce temple des boissons chic ! En un clin d'œil, la plupart des tables furent prises. Une musiquette langoureuse s'efforçait de maintenir en ce lieu l'ambiance des confidences sentimentales. D'autorité, Bertrand Lebroucq la fit arrêter, car on ne s'entendait pas à travers ce « zinzin » ! A partir de cet instant, les voix des consommateurs s'amplifièrent et se confondirent avec des sonorités de marée montante.

Dans le brouhaha des conversations, Armand constata que ses confrères, tous plus jeunes que lui et qui, comme lui, avaient subi l'épreuve du face à face avec les représentants, s'étaient regroupés dans un coin par affinité de générations. Il ne connaissait personnellement aucun des écrivains conviés à ces festivités mi-littéraires, mi-commerciales. Séparé de Sandy, que Bertrand Lebroucq avait accaparée pour l'entretenir, sans doute, des mille et un projets de sa maison d'édition, il devait se contenter des prévenances de Josyane Michaud, qui s'évertuait à le distraire par son caquetage. Elle s'occupait à la fois de la promotion de *Feu Monsieur Prométhée* et de celle du nouveau roman d'un écrivain de moyenne importance dont on parlait aimablement dans les journaux, mais qu'Armand n'avait encore jamais rencontré : Jean-Victor Désormieux. Le prochain livre de celui-ci, curieusement intitulé *Les Outrages*, était, disait-elle avec gourmandise, un petit chef-d'œuvre d'impertinence et de loufoquerie. Pendant qu'elle commentait ce récit, qu'elle avait eu le privilège de lire sur épreuves, un homme grand, maigre, le regard hardi, la lèvre souriante au milieu d'une courte barbe brune, s'approcha de la table. Il pouvait avoir la quarantaine. Le verre à la main, il se pencha vers Josyane Michaud. Levant les yeux, elle s'écria :

— Justement, on parlait de vous !

Et elle présenta Jean-Victor Désormieux à Armand Boisier, qui, par pure civilité, invita le nouveau venu à s'asseoir. Peu après, Sandy, ayant faussé compagnie à Bertrand Lebroucq, les rejoignit dans leur coin. On compléta les présentations. Armand aurait voulu s'isoler avec sa fille pour lui demander ce qu'elle pensait de son petit laïus aux représentants. Mais, déjà, le caractère bassement utilitaire de la conférence était oublié. A croire que personne n'était venu ici pour s'occuper de la vente des livres. On nageait dans les eaux profondes de la littérature. Avec une flamme de sincérité dans les yeux, Jean-Victor Désormieux s'exclama :

— Vous ne pouvez pas savoir, Monsieur,

ce que représente pour moi cette rencontre ! C'est un rêve d'enfant qui se réalise ! Je vous ai découvert quand j'avais treize ans : j'ai lu, en cachette de mes parents, votre fameux polar sentimental : *Dernier Faux Pas avant l'abîme*, quelle secousse ! Je n'en ai pas dormi de la nuit !

Il riait — dents blanches de carnassier dans un buisson de poils drus et bruns — et tournait machinalement son verre entre ses doigts. Flatté plus qu'il ne l'aurait voulu, Armand se contenta d'esquisser une moue dubitative :

— C'était pourtant bien fadasse en comparaison de ce qui se publie aujourd'hui dans le même genre !

— Ne croyez pas ça ! J'ai relu le livre dernièrement ! Je vous jure que ça tient le coup !

— Vous m'étonnez !

— Je vous étonnerais plus encore si vous saviez que c'est à cause de ce bouquin, à cause de vous, que j'ai voulu écrire, moi aussi !

— A quel âge ?

— Tout de suite après ! J'ai commencé à quatorze ans !

— Diable ! Et quand avez-vous publié votre premier livre ?

— Rassurez-vous ! J'ai mis beaucoup de temps à me former, à me décider, à oser !... C'est il y a huit ans, tout juste, que j'ai sauté le pas... Ça s'appelait *Les Emmurés de Burgos*.

Armand confessa qu'il n'avait pas lu ce roman, mais qu'il se souvenait de quelques comptes-rendus élogieux dans les journaux.

— Oui, ça n'a pas mal marché ! reconnut Jean-Victor Désormieux.

— Et le prochain ?

— *Les Outrages* ? Les gens d'ici l'aiment bien... Moi, je ne sais plus... Dès que j'aurai les exemplaires de presse, je vous en enverrai un... Vous me direz ce que vous en pensez, à l'occasion... Je tiens beaucoup à votre opinion !

— Vous avez tort ! plaisanta Armand. Je suis un mauvais critique, puisque je suis de la partie. Un écrivain juge les livres en écrivain et non en lecteur, alors que c'est l'avis du lecteur qui devrait toujours l'emporter !

En parlant ainsi, il eut soudain le sentiment de rejoindre les rangs des représentants professionnels qui l'avaient questionné tout à l'heure. Cette médiocre dérobade lui parut indigne de sa notoriété. En examinant plus attentivement son interlocuteur, il lui trouva un visage ouvert, sympathique, et se promit de lire son roman avec tout l'intérêt que mérite un débutant plein d'ambitions et de promesses. Sandy, qui jusque-là avait gardé le silence, intervint avec enjouement :

— C'est drôle que vous ayez aimé *Dernier Faux Pas avant l'abîme* ! La plupart des lecteurs de mon père ne connaissent pas ce livre ! Moi, c'est un de mes préférés ! On devrait le rééditer ! Du moins « en poche » !

Pour donner plus de poids à la remarque de sa fille, Armand expliqua le rôle qu'elle jouait dans sa carrière :

— C'est ma première lectrice, ma conseillère la plus sûre, ma correctrice la plus exigeante !...

Sandy protesta :

— Tu exagères, papa ! Tu vas me faire passer pour une maniaque, pour une pionne !

— Je lui dois beaucoup, beaucoup ! insista Armand avec une émotion qu'il ne contrôlait plus. Sans elle, je me demande si j'écrirais encore !

— Je suis sûr que votre père a raison de vous faire toute confiance, Madame, trancha

Jean-Victor Désormieux. Accepteriez-vous de jeter un regard, vous aussi, sur mon dernier roman ?

— Méfiez-vous ! bouffonna Armand. Elle est d'une sincérité impitoyable ! Si elle n'aime pas, elle sacque !

— Je l'espère fichtrement ! répliqua l'autre. C'est même dans le but d'obtenir un avis sans concession que je fais appel à l'auteur de *Feu Monsieur Prométhée*, et, si elle le veut bien, à sa fille !

— Bon, bon ! grommela Armand. Mais laissez-moi le temps de me retourner.

— Dès que le volume sortira des presses, c'est-à-dire dans un mois je suppose, je le déposerai chez vous ! Surtout ne vous croyez pas obligé de le lire vite. Même si vous ne m'en parlez pas avant un an, ou deux, je serai heureux de savoir ce que vous en pensez !

Et, comme Armand, gêné, se taisait, il ajouta :

— J'ai l'impression que vous n'avez pas encore compris ce que vous êtes pour moi, Armand Boisier : plus qu'un exemple, un modèle, un guide !

Sur ces mots, il se leva, comme s'il craignait d'en avoir trop dit, vida le fond de son verre et fit quelques pas vers les autres auteurs des Editions du Pertuis, massés au fond de la salle. Tandis qu'il s'éloignait, Armand le rappela :

— Pour l'envoi de votre livre... vous n'avez pas mon adresse !...

— Si, Monsieur, dit Jean-Victor Désormieux. Je l'ai demandée, hier, à notre attachée de presse.

Peut-être avait-il tout préparé, tout prévu ? Cette supposition gâcha un peu le plaisir d'Armand. Il eût aimé plus de spontanéité, plus de maladresse. Aussitôt, il se reprocha cette réticence chipotière. « Jamais content ! » se dit-il avec irritation. Et il décida que, tout compte fait, il venait de vivre une journée faste.

Comme il était déjà six heures et demie du soir, Sandy craignit que les invités des Editions du Pertuis ne fussent tentés de prolonger leurs libations jusqu'à la tombée de la nuit. Prudente, elle suggéra à son père de prendre congé de cette assemblée de « jeunes », pour qui deux cents kilomètres de route avant de rejoindre Paris étaient une plaisanterie !

Pendant le trajet de retour, en voiture,

Armand entretint sa fille d'un article qu'il avait promis au *Monde* pour révéler (ou inventer ?) les motifs qui l'avaient poussé à écrire, à quatre-vingt-cinq ans, *Feu Monsieur Prométhée.* Quand elle émit des doutes sur l'opportunité de cette confidence, il balaya l'objection en quelques phrases carrées. Etait-ce grâce aux compliments dont on l'avait abreuvé à Deauville qu'il avait repris du poil de la bête ? En tout cas, il rayonnait. Cependant, ni elle ni lui ne firent allusion à cet admirateur qu'ils avaient découvert au bar de l'hôtel, en la personne de Jean-Victor Désormieux.

Les mains sur le volant, le regard dirigé vers la route de pénombre et de pluie, Sandy revint bientôt, avec une habile douceur, sur le projet d'article destiné au *Monde.* Et, cette fois, Armand reconnut que les réticences de sa fille étaient justifiées. Bien qu'elle n'eût jamais rien écrit elle-même et que sa culture littéraire fût très moyenne, il l'écoutait avec docilité et admiration, oubliant que c'était lui l'auteur consacré et qu'à ses côtés elle n'était que l'adorable et indispensable mouche du coche. Etait-ce le caractère résolu de Sandy qui lui en imposait ou le souvenir de sa femme, dont elle était le porte-parole intemporel. Tout à coup, il marmonna :

— Tu as raison... Je n'ai pas envie de pondre ce papier... Je ne le sens pas... Je le bâclerais...

Elle ne prit même pas la peine d'approuver son revirement. Savait-elle, dès le début, qu'il lui céderait ? Simplement, quelques minutes plus tard, elle lui adressa un sourire de connivence. Il se sentit compris, encouragé, aimé comme au temps d'Isabelle. Le reste du trajet se déroula dans un silence de bonheur.

Peu après huit heures du soir, Armand franchit, avec un plaisir casanier, le seuil de son appartement de célibataire. Malgré une journée pénible pour les nerfs, il n'éprouvait pas la moindre fatigue. Cependant, au moment d'échanger le baiser d'adieu avec Sandy, il fut saisi d'un léger malaise. La tête lui tournait. Son cœur remontait à sa bouche. Les murs ondulaient autour de lui comme voiles au vent. Puis le vertige se dissipa d'un seul coup et Armand retrouva son identité dans un monde stable. Il avait parfois de brusques passages à vide auxquels il n'attachait guère d'importance. Mais Sandy était déjà sur le qui-vive. Et Armand fut heureux de la deviner toujours aussi inquiète pour sa santé.

— Comment te sens-tu, papa ? demanda-t-elle.

Il affirma qu'il s'agissait d'un étourdissement passager, qu'il était d'ailleurs coutumier du fait, et elle partit à peu près rassurée : elle était invitée chez des amis et il était trop tard pour qu'elle se décommandât.

Armand dîna seul, servi par Angèle, la femme de chambre qui avait été engagée jadis par Isabelle, s'octroya deux verres de bon vin, un café décaféiné au lieu de la tisane de thym habituelle et se coucha tôt. La nuit, il rêva à un nouveau thème de roman. Le lendemain matin, en rouvrant les yeux, il l'avait oublié. Il ne le regretta même pas. Désormais, il savait qu'il en ramasserait d'autres à la pelle. Son optimisme était si vif qu'il se demanda si c'était en dépit de son âge ou à cause de son âge que lui venait cet entrain merveilleux au seuil de la plus profonde vieillesse. Il résolut d'en discuter, le jour même, avec sa fille. Ça leur ferait un sujet de conversation en plus. Il ne fallait surtout pas qu'elle s'ennuyât avec lui !

III

Pendant trois semaines, ce fut le silence : Jean-Victor Désormieux avait-il oublié sa promesse ? Puis, soudain, dans l'abondant courrier d'Armand Boisier, ce petit bouquin au titre accrocheur : *Les Outrages*. Le bandeau publicitaire qui l'entourait répétait en caractères énormes, blancs sur fond rouge, le nom de l'auteur : « Désormieux » ! Pas de prénom. Le prénom, c'était bon pour les débutants ! Lui, on le désignait par son seul patronyme. Comme un grand. N'était-ce pas un peu prématuré ? D'un mouvement instinctif, Armand voulut d'abord rejeter le volume sur la pile de tous les « sacrifiés ». Il en recevait tellement ! Un de plus, un de moins !... Cependant, il eut la curiosité de lire la dédicace : « Pour Armand Boisier, à qui je dois presque tout et qui refuse de le croire ! »

C'était gentil. Trop, peut-être ! Armand se dit qu'il parcourrait ce roman en diagonale, un de ces jours, quand il en aurait le loisir. Pour le moment, quatre ouvrages, dus à des confrères de l'Académie française, attendaient leur tour sur un coin de la table. La plus élémentaire politesse exigeait qu'il en prît connaissance et adressât un billet de sympathie et d'estime aux auteurs. Il était inconcevable que des gens aussi importants et aussi occupés écrivissent à un rythme pareil ! Au lieu de les écraser, l'âge et les honneurs leur donnaient des ailes. Lui-même ne faisait-il pas partie de ces prolifiques forçats de la création littéraire ? Il voyait l'innocent stylo à bille dans l'œil de son prochain et ne voyait pas la grosse plume sergent major dans le sien ! Tout en souriant de son inconséquence, il tapotait, du bout des doigts, la couverture de *Les Outrages*. Piqué d'une curiosité subite, il décida de passer le livre à Sandy et d'attendre son verdict avant de survoler le récit, par acquit de conscience. Il le lui fit porter, séance tenante, par Angèle.

Sandy lui rendit le volume au bout de quarante-huit heures, mais elle refusa de lui en parler, par crainte, disait-elle, de l'influencer dans sa lecture. Cette esquive intrigua Armand. D'habitude, Sandy était plus catégorique. Pourquoi ces tergiversations ? Que mijotait-elle dans sa jolie petite tête ? Afin d'en avoir le cœur net, il se plongea, le soir même, dans *Les Outrages*. Il dévora le livre en une nuit et une matinée. L'impression qu'il en retira était flottante. Bien qu'il se fût diverti, de bout en bout, des inventions facétieuses et des acrobaties stylistiques de Jean-Victor Désormieux, il hésitait à se déclarer satisfait. Le ton allègre et persifleur du morceau le dérangeait dans son amour de la correction, fût-elle humoristique. Il y voyait confusément un pied de nez à sa propre conception du roman. Une invitation à débarrasser le plancher, à laisser la place aux envahisseurs. Comment Jean-Victor Désormieux pouvait-il à la fois admirer des œuvres graves et un rien grinçantes comme celles d'un Armand Boisier et pondre des historiettes scintillantes et farfelues tels *Les Outrages* ? Pour clarifier ses idées, il attendit que sa fille lui eût rendu visite. Une fois devant elle, il l'interrogea directement :

— Enfin, Sandy, oui ou non, aimes-tu ce bouquin ?

Elle se troubla :

— Je l'aime sans l'aimer. Je trouve qu'il y a là-dedans beaucoup de verve, mais aussi beaucoup de trucs, de grimaces, de clins d'œil à la mode du jour... Ça voudrait être rigolo et ça ne l'est pas toujours ! Par moments, on dirait une bande dessinée sans les dessins !

Cette formule caustique égaya Armand Boisier et il estima que sa fille avait du mordant.

— Bref, tu es réticente ? insista-t-il.

— Je suis « réticente en bien » !

— Ça veut dire quoi ?

— Que Désormieux a du talent, mais qu'il en aurait dix fois plus s'il ne faisait pas tant de pirouettes !

— Tu te trompes, ma pauvre chérie ! soupira Armand. Ce qui plaît au public, ce sont peut-être, précisément, ces pirouettes, ces trouvailles argotiques, ce papillotement de mots... En tout cas, sa dédicace est charmante !

— Charmante, oui, oui, concéda Sandy, mais un peu trop appuyée pour mon goût ! Je me méfie de la lèche systématique !

En écoutant sa fille, Armand se sentit inexplicablement ragaillardi. Le sol redevenait solide sous ses pieds.

— Je devrais peut-être lui envoyer un mot de sympathie, marmonna-t-il.

Elle fit la moue :

— Si tu lui écris, il voudra venir te voir pour te remercier, pour te demander des conseils... Tu ne t'en dépêtreras plus ! Et, dans quinze jours, tu te mordras les doigts de lui avoir fait signe ! Ce n'est pas parce qu'il s'est aplati devant toi que tu dois t'aplatir devant lui !

— Tu as raison, dit-il. Restons sous notre tente, nous n'avons besoin de personne !

Et, aussitôt, sans hésitation et sans remords, il se rendit dans sa bibliothèque et relégua *Les Outrages* sur le rayon des livres secondaires.

Cependant, le jeudi suivant, à la réunion de la Commission des Prix littéraires de l'Académie française, quand ses confrères lui demandèrent, selon l'usage, s'il avait eu l'occasion de lire récemment un ouvrage qui méritait d'être couronné, il cita négligemment *Les Outrages*. Il le faisait surtout pour démontrer que, à la veille de ses quatre-vingt-six ans et malgré sa renommée, il s'intéressait encore à l'évolution actuelle de la littérature. A sa grande surprise, alors qu'il croyait être le seul à avoir mis le nez dans la prose de Désormieux, Jean d'Ormesson et Michel Déon abondèrent dans son sens. Jean Dutourd prit le relais et affirma qu'il fallait avoir l'œil sur ce « jeune auteur » qui avait « la patte leste et la griffe acérée d'un chat ».

— Jeune auteur ! Jeune auteur ! protesta Armand Boisier. J'ai eu l'occasion de le rencontrer dernièrement : c'est tout, sauf un perdreau de l'année ! Il porte largement la quarantaine. Il est d'ailleurs plutôt bien baraqué et exhibe fièrement une barbe de pirate !

— Il ne faut pas se fier aux apparences ! observa Maurice Druon sentencieusement. On peut être un jeune auteur à tout âge !

Et il ajouta, avec une amabilité diplomatique :

— Vous en savez quelque chose, mon cher Boisier !

Après quoi, on passa à l'ordre du jour.

Le soir, en rentrant chez lui après la séance de l'Académie française, Armand était perplexe. Ebranlé par l'opinion de ses confrères, il reprit le livre de Désormieux, le feuilleta et le trouva meilleur qu'à la première lecture. Mais c'était là, pour lui, une préoccupation tellement accessoire qu'il ne s'y attarda guère. Le lendemain, Josyane Michaud lui téléphona pour l'avertir que les premiers volumes de *Feu Monsieur Prométhée* étaient enfin arrivés du dépôt et qu'on l'attendait, le jour de son choix, aux Editions du Pertuis pour le service de presse. Jean-Victor Désormieux avait fait le sien, disait-elle, deux semaines auparavant. Elle insistait sur le fait que les dates du *planning* avaient été respectées. Armand vit bizarrement dans cette ponctualité un gage de succès.

Depuis le temps qu'il était curieux de découvrir le « vrai visage » de son livre, il ne tenait plus en place. Dès le lendemain matin, à neuf heures, il se précipita rue Corneille, aux Editions du Pertuis, grimpa jusqu'au bureau réservé à l'inévitable cérémonie des signatures en série et s'immobilisa, pétrifié de respect, devant les exemplaires de son roman empilés par dizaines sur de petits chariots. Trois heures durant, il dédicaça *Feu Monsieur Prométhée* à des journalistes, à des confrères, à des amis, à des personnalités, à des inconnus, figurant sur la liste du service de presse.

Combien d'entre eux liraient le livre ? Combien le mettraient à la poubelle sans l'avoir seulement ouvert ? Il ne voulait pas y penser, par peur d'être pris de vertige. Chaque fois qu'il passait devant les bouquinistes des quais de la Seine, il avait l'impression de visiter un cimetière. Leurs boîtes bourrées d'épaves étaient le tombeau de toutes les illusions. Malgré ce pressentiment funèbre, il se contraignit à accomplir jusqu'au bout son devoir de scribe. Il recommença l'après-midi, à quatorze heures trente, et travailla d'arrache-pied jusqu'à la fermeture des bureaux.

Le soir, en rentrant chez lui, il avait la tête lourde et des crampes dans les doigts, comme s'il avait serré la main, pendant des heures, à tous ceux qu'il venait de gratifier d'un « sympathique hommage ». L'angoisse de la compétition, la hantise de l'échec commençaient en lui leur lent travail de sape. Tant que *Feu Monsieur Prométhée* n'existait qu'à l'état de manuscrit, le dénommé Armand Boisier n'avait rien à craindre. Une fois imprimé, distribué, vendu, le livre ne protégeait plus son auteur. Il devenait même une arme contre lui : n'importe qui pouvait se payer cet engin destructeur pour un prix modique ! En habillant le roman d'une élégante couverture, on avait déshabillé le romancier. Tiré de sa retraite, ébloui par la brusque lumière des projecteurs, il s'offrait, nu et vulnérable, au jugement de ses contemporains. Ils avaient acheté le droit de le féliciter comme de lui botter les fesses. Quel malin plaisir trouvait-il à exercer ce métier qui faisait de lui l'esclave des fluctuations de la mode ? Comme d'habitude, il profita d'une visite de Sandy pour déplorer devant elle les tortures qu'il endurait à la naissance de chaque nouveau bouquin, et, comme d'habitude, elle lui reprocha sa manie de gratter les moindres bobos de son épiderme délicat d'écrivain pour mieux apprécier ensuite le baume du succès.

A dater de ce jour, il guetta avec anxiété les chroniques littéraires des différentes gazettes. De quel côté viendraient les premiers coups de chapeau ou les premières gifles ? De gauche, de droite, du centre ? Mais les semaines passaient, et ni chez les socialistes, ni chez les conservateurs, ni chez les libéraux, ni chez les extrémistes « fascisants », ni chez les « inclassables », on ne parlait de lui. Un moment, il supposa que des exemplaires de *Feu Monsieur Prométhée* avaient été égarés par la poste ou détruits par un distributeur malveillant. Josyane Michaud le détrompa : tous les volumes étaient partis en temps voulu et étaient arrivés à destination. Mais, disait-elle, les journalistes étaient débordés par les envois cumulés des éditeurs : ils n'avaient pas le temps de tout lire ; ils pêchaient, au petit bonheur, dans le tas de nouveautés. On publiait trop. Il fallait prendre patience. D'ailleurs, selon « le commercial », le marché était engourdi. On espérait « un frémissement », le mois prochain. Comme de coutume, ce fut Sandy qui rendit à son père le sens des réalités :

— Tu ne peux pas espérer exciter la curiosité des journalistes alors que tu publies ton cinquante-neuvième bouquin ! lui dit-elle. Ces gens-là sont, comme tout le monde, dans l'attente d'une révélation, d'un visage neuf, d'un talent original et fracassant ! A ton âge, tu es, plus ou moins, hors du coup. Contente-toi de l'estime qu'on te porte à cause de ton passé. Accepte de te maintenir à flot, c'est déjà beaucoup !

Ce qu'elle lui conseillait, il se l'était répété

cent fois dans la solitude de son bureau, sans jamais se convaincre. Et il suffisait que cette évidence fût énoncée par elle pour qu'il lui accordât un crédit absolu. Il savait bien qu'étant parvenu à cette étape ultime de sa carrière son seul bonheur devait être de raconter des histoires, en se désintéressant royalement du destin mercantile de ses livres. Du haut de ses quatre-vingt-cinq ans, il critiquait ses confrères plus jeunes, prêts à tout pour décrocher un article élogieux, et dont la grande ambition était de figurer en bonne place, dans telle ou telle revue, sur la liste sacro-sainte des meilleures ventes de la semaine. Il s'enorgueillissait même de traiter par le mépris cette bousculade des concurrents devant le poteau d'arrivée. Il remerciait Dieu de lui avoir accordé un tel détachement des honneurs que les seules opinions dont il se souciait encore fussent celles de sa fille et de rares amis connus pour leur impartialité. Après quelques moments d'inquiétude, c'était avec une sérénité amusée qu'il constatait le formidable silence qui, d'un sondage à l'autre, accompagnait la sortie en librairie de *Feu Monsieur Prométhée*. Il négligeait même maintenant de demander à son éditeur des nouvelles de la vente, qu'il devinait très médiocre. Pour se changer les idées et se revigorer, il ne voyait qu'un moyen : trouver un sujet original pour un nouveau roman et s'y lancer, la tête la première. Or, un matin, en ouvrant *L'Express*, il tomba sur un commentaire chaleureux de *Feu Monsieur Prométhée.* Son ouvrage était qualifié de « récit inclassable », « mi-classique, mi-révolutionnaire », qui alliait « l'invention audacieuse du sujet à l'élégance académique du style ». Ravi, Armand courut à la signature : Jean-Victor Désormieux. Cette découverte lui procura autant de joie que d'irritation. Il lui déplaisait de devoir quoi que ce fût à ce nouveau venu dans le monde des lettres. Certains hommages n'ont de valeur, pensait-il, que s'ils émanent d'un égal dans la hiérarchie des talents. Tiraillé entre des sentiments opposés, il téléphona à Sandy pour la mettre au courant. Elle avait déjà lu le « papier » et s'en déclarait « enchantée ». Armand aurait voulu lui dire qu'il ne l'était pas tout à fait autant qu'elle, mais il lui semblait avoir une arête plantée dans le gosier. Bien que minuscule et indolore, cette arête gênait sa respiration. Sandy lui conseilla d'écrire un mot à Désormieux. Il y consentit de mauvaise grâce. Quelques semaines auparavant, il s'était refusé à remercier le gaillard pour son livre ; et aujourd'hui, il allait le remercier d'avoir parlé du sien dans *L'Express* ! Un comble ! Et personne, pas même Sandy, ne paraissait avoir conscience de cette anomalie !

Sa lettre expédiée, il continua d'éplucher la presse, ligne par ligne. Cela lui rappelait les premières semaines suivant la déclaration de la guerre, quand il se précipitait, le matin, sur les communiqués officiels. Hélas ! les nouvelles du front de la littérature étaient aussi décevantes que celles des opérations militaires de la fin de 1939. Une drôle de guerre. Rien ne bougeait. Et pourtant, la menace se précisait au loin. Elle éclata, un mois plus tard, lorsque plusieurs revues publièrent la liste des best-sellers. *Feu Monsieur Prométhée* ne figurait sur aucune. Ce qui était la règle pour Armand, depuis des années. En revanche, *Les Outrages* pointaient déjà le nez au bas du palmarès. De semaine en semaine, le livre de Désormieux avala tous ses rivaux, se haussant par degrés dans le classement, alors que *Feu Monsieur Prométhée* en était toujours exclu. Pour se résigner à cet ostracisme systématique, Armand se rappela les sages paroles de sa fille. Il avait fait son « numéro ». A présent, il ne s'agissait plus de plastronner mais de survivre. La seule satisfaction qu'il fût en droit d'espérer encore, c'était de se dire qu'il avait écrit le roman qu'il voulait, sans concession et sans tricherie, et que, tant qu'il conserverait un brin de fantaisie dans le cerveau, il continuerait à noircir du papier avec l'illusion d'intéresser des gens de son âge et peut-être de rares hurluberlus de la génération montante. A quelque temps de là, comme pour lui redonner confiance, son éditeur l'invita, avec Sandy, à déjeuner dans un restaurant du quartier réputé pour sa cuisine « à l'ancienne ». Afin d'être, sans doute, à l'unisson des goûts littéraires de son convive. Au cours du repas, copieux et amical, Sandy interrogea discrètement Bertrand Lebroucq sur les fluctuations du marché dans la librairie. Aussitôt, le visage de son interlocuteur s'assombrit. Il se plaignit que toute la profession du livre fût atteinte par la morosité ambiante, invoqua la menace, tant pour les éditeurs que pour les écrivains, des progrès de l'informatique, fit même allusion aux redoutables conséquences culturelles des bouquins électroniques et finit par reconnaître que, pour l'instant, la clientèle boudait *Feu Monsieur Prométhée* et que les journalistes n'avaient manifestement pas envie d'en parler. Alors Sandy incrimina l'insuffisance de la publicité qui avait accompagné le lancement du roman. Josyane Michaud et Anatole Lejolivet, responsables des relations avec les médias, assistaient à l'entretien. D'une seule voix, ils soutinrent leur patron en affirmant qu'on avait fait « le maximum » pour *Feu Monsieur Prométhée* et qu'on pouvait tout au plus espérer « un sursaut » à la veille des fêtes de fin d'année. Sandy les écouta avec un sourire narquois et résigné. Puis on parla d'autre chose. Quand il ne fut plus question de son livre, Armand respira, comme délivré d'une accusation infamante.

En rentrant à la maison, il reprocha à sa fille d'avoir maladroitement et inutilement « levé un lièvre ». Elle rit et lui posa un doigt sur le bout du nez dans un geste de taquinerie hérité de sa mère !

— Laisse-moi faire, papa. Je parie que, pour les semaines à venir, il y aura des placards publicitaires dans plusieurs journaux pour ton *Prométhée* !

En fait de publicité, ce fut Jean-Victor Désormieux qui eut brusquement la vedette. Au début du mois suivant, ses *Outrages* se hissèrent à la deuxième place dans la nomenclature des succès hebdomadaires. Ce bond en avant s'accompagna de quelques articles, recommandant la lecture de « cette fantaisie espiègle et roborative ». Du coup, la cote de popularité de Jean-Victor Désormieux s'emballa et il se retrouva en numéro un au tableau d'honneur de la profession. Cette promotion choqua Armand, qui l'interpréta comme une insulte indirecte à sa longue et glorieuse carrière. Jean-Victor Désormieux avait tout d'un intrus. Il s'était introduit par effraction dans un milieu où il n'avait que faire. C'était illégalement qu'il se pavanait en tête des vrais écrivains. Il n'était qu'un occupant sans titre. Un squatter accaparant le piédestal de la réussite.

Pour se consoler de la désaffection du public et de la critique à son égard, Armand relisait parfois les lettres chaleureuses de quelques confrères, tout en les soupçonnant d'avoir été plus courtois que sincères dans leurs éloges. N'en faisait-il pas autant de son côté ? Oui, mais pas toujours ! Il lui arrivait d'être franchement emballé par un livre et de le dire à l'auteur en souhaitant d'être cru. On pouvait donc espérer qu'il en allait de même pour eux ! Pauvres reliefs des festins de jadis ! Armand souriait amèrement d'en être réduit à remâcher ses souvenirs pour se rappeler la lointaine saveur du triomphe. Contrairement à ce qui se passait pour ses livres, voici cinq ou six ans encore, aucune chaîne de télévision ne l'avait invité à parler de son dernier ouvrage. De toute évidence, il n'intéressait plus les jeunes ; ils voyaient en lui un écrivain préhistorique, qu'ils avaient enterré depuis longtemps et qui s'obstinait à publier Dieu sait quoi pour Dieu sait qui. Même les gens de sa génération se détachaient de cet éternel revenant, nommé Armand Boisier, confortablement assis sur cinquante-neuf bouquins dont on faisait déjà des explications de texte en classe. Sans doute estimaient-ils qu'il occupait depuis trop longtemps le devant de la scène. Arrière, ceux qui ont fait leurs preuves ! Place à ceux qui n'ont encore rien dit, même s'ils n'ont rien à dire ! Toute viande faisandée est suspecte ! Seuls les arrivages frais méritent d'être consommés ! Conscient de cette relève inévitable des valeurs, Armand inclinait, chaque jour un peu plus, à la résignation. Bien entendu, Sandy lui prêchait, comme à l'accoutumée, la sagesse, la patience, l'espoir. C'était son rôle de fille, et elle s'en acquittait à merveille. Elle mettait une émouvante conviction dans sa voix, dans son regard, quand elle affirmait qu'un écrivain de l'envergure de son père devait poursuivre son œuvre sans se soucier des hauts et des bas de l'opinion publique. Peut-être le pensait-elle vraiment ?

Un soir, elle vint dîner chez lui, à l'improviste, rue des Saints-Pères. Or, il avait lu dans les journaux, le matin même, qu'une émission de télévision réunirait, à vingt et une heures trente, des écrivains d'avenir, parmi lesquels, bien entendu, l'inévitable Jean-Victor Désormieux. D'un commun accord, dès la fin du repas, Armand et sa fille s'installèrent devant l'appareil et attendirent, avec une curiosité amusée, le début du « spectacle ». Comme prévu, après avoir échangé quelques phrases aimables avec des comparses, qui apparurent tour à tour sur l'écran, le présentateur réserva la plus grande partie du débat à la « révélation » de ces dernières années : Jean-Victor Désormieux. Face à son principal invité, qui s'efforçait de garder une expression à la fois intéressée, plaisante et correcte, il loua ce « casseur d'assiettes » qui avait « bousculé la tradition » et apporté « une bouffée d'air frais » dans « l'atmosphère confinée de la littérature française ». Pour paraître plus « dans le vent », il s'adressait à son vis-à-vis en l'appelant par les initiales de ses deux prénoms et de son nom, accolées à la façon d'un sigle. Au lieu de dire Jean-Victor Désormieux, il disait J.V.D. Et Désormieux acceptait sans sourciller cette familiarité honorifique. Il était J.V.D. comme les Etats-Unis sont les U.S.A., comme l'Organisation des Nations unies est l'O.N.U.

Le visage tendu, les mâchoires serrées, Armand ne perdait pas un mot de l'entretien qui se déroulait sur le petit écran. L'aisance de J.V.D. était stupéfiante. Un acteur chevronné, ayant répété son numéro la veille, n'eût pas été plus naturel devant la caméra. Son rude faciès barbu, son œil de boucanier jovial, exprimaient tantôt la méditation, tantôt la gaieté juvénile, tantôt la lassitude d'un homme dont le métier est de réfléchir aux « vrais problèmes » et de guider ses semblables. A la fois prophète et amuseur, il « ratissait large », selon une formule à la mode parmi les journalistes. Incapable de se contenir, Armand grommela :

— Quel comédien ! Il en fait trop !

Sandy ne releva pas la remarque. L'avait-elle seulement entendue ? Même le commentateur était visiblement subjugué. S'adressant à son invité, il le traita, à plusieurs reprises, de « valeur en hausse », ce qui fit sourire J.V.D. avec une ironie méprisante. Incontestablement, Désormieux était sûr de son affaire. Sans en avoir l'air, c'était lui le meneur de jeu. Tant de perfection mettait Armand au supplice. Pour lui, un véritable écrivain ne pouvait être, en même temps, un acteur, un promoteur occasionnel de sa marchandise. Assise sur un canapé, face au poste de télévision, Sandy pétrissait un mouchoir entre ses doigts. Difficile de deviner les idées qui trottaient dans sa tête : rancune envers un concurrent chanceux qui était en train de dégommer son père, ou estime pour un professionnel « qui connaissait la chanson » ? Soudain, coupant la parole à J.V.D., le présentateur demanda :

— Au fait, lisez-vous beaucoup ?

— Très peu ! répondit J.V.D. avec désinvolture.

— Des classiques ?

— Oui, bien sûr !

— Lesquels ?

— Stendhal, Proust, Lautréamont, Rabelais, Kafka... Vous voyez, c'est très échevelé, très capricieux...

— Et parmi les contemporains ?

— Il m'arrive aussi d'en lire.

— Qui, par exemple ?

L'œil de J.V.D. étincela sous ses gros sourcils broussailleux. D'une voix forte, il annonça :

— Boisier.

En entendant prononcer son nom, Armand eut un pincement au cœur. Il regarda Sandy. Elle avait les lèvres entrouvertes, comme si elle remerciait quelqu'un en silence. Le présentateur s'étonna :

— Pourquoi Boisier ? Vous aimez ses livres ?

— Oui.

— Même le dernier ?

— Surtout le dernier !

— Que trouvez-vous à ce *Feu Monsieur*

Prométhée ? Ce n'est pourtant pas un ouvrage dans vos cordes !...

— Justement ! répliqua J.V.D. C'est mieux que ça ! Un mélange d'hyperréalisme et de rêverie débridée. D'ailleurs, j'aime tout de lui... Le premier livre que j'ai lu, quand j'étais gosse, était de Boisier !... Ça m'a marqué !...

— J.V.D. émule d'un académicien ! s'écria le présentateur goguenard. C'est un fameux *scoop* ! Excusez cet anglicisme : je crois que le mot ne figure pas encore dans le dictionnaire de l'Académie française... Si vous entrez un jour sous la Coupole, je compte sur vous pour l'y faire admettre par vos confrères !

Désormieux haussa les épaules et négligea de répondre à la plaisanterie. Devant son mutisme, l'*interviewer* se tourna vers le dernier invité de la série : une dame mûre, frisée, exubérante, sortant, à coup sûr, des mains de son coiffeur et enfiévrée par la double passion de l'Egypte ancienne et de la France des Bourbons. Excédé par son bavardage, Armand fit un signe à Sandy qui tenait la télécommande. Elle éteignit le poste et dit, avec un sourire maternel :

— J'espère que tu es content, papa ? Désormieux a été très bien !

— Oui, oui, marmonna Armand.

— Tu devrais lui écrire quelques lignes pour le remercier de son intervention.

— Tu crois vraiment ?...

— J'en suis sûre ! Ce serait la moindre des choses !

Il inclina le front, accablé mais soumis. Il lui en coûtait encore d'être l'obligé de quelqu'un de plus jeune que lui, de moins connu que lui. C'était comme si on lui eût demandé de se renier en public. Sandy suivait son idée :

— Je pense même, dit-elle, que tu pourrais lui fixer un rendez-vous.

— Où ça ?

— Mais ici, papa !

— Par lettre ?

— Ou par téléphone.

— Oui, oui, par téléphone, murmura-t-il précipitamment. Je préfère... C'est plus facile...

— Pourquoi dis-tu ça ?

Il rit jaune, détourna la tête et grogna, à demi blagueur, à demi sincère :

— Parce que ça ne laisse pas de trace !

IV

Désormieux fut exact au rendez-vous. A dix-huit heures pile, il était assis, face à Armand, dans le petit bureau calfeutré, aux murs bardés de livres, aux guéridons encombrés de paperasses, et dont les doubles fenêtres assourdissaient les rumeurs de la rue des Saints-Pères. Un verre de whisky à la main, ils bavardaient à bâtons rompus comme s'ils étaient des amis de longue date. En quelques minutes de conversation, Armand avait pu se rendre compte que son interlocuteur était un personnage carré, qui n'avait peut-être pas une culture aussi étendue que la sienne, mais possédait assurément un esprit vif, le sens de la répartie et l'appétit dévorant d'un gagneur. Cet homme, tout d'un bloc, prétendait avoir lu la plupart des romans de son hôte, connaissait par ouï-dire les grands événements de sa vie et nourrissait à son égard l'admiration respectueuse d'un élève pour le maître dont il a choisi de suivre les traces. Cet engouement d'un jeune auteur de dimension courante pour un ponte distant et abondamment honoré rappelait à Armand son émotion de jadis lorsqu'il avait approché un Mauriac ou une Colette. C'était à l'occasion d'une série d'interviews destinées à un journal de province qu'il avait eu la chance de croiser leur route. Chaque mot, chaque expression de ces hautes figures d'antan étaient restés gravés dans sa mémoire. Il revoyait le beau regard fatigué et cerclé de khôl de Colette, il entendait la voix sourde et comme déchirée de Mauriac, son petit rire serré quand il venait de lâcher une de ses piques assassines, qui ferait le lendemain le tour de Paris. Il était tellement impressionné alors par ces spectres parlants qu'il osait à peine lever les yeux sur eux pendant l'entretien. Qu'en restait-il maintenant, hormis quelques bouquins devenus classiques et un nom dans les dictionnaires ? Encore étaient-ils parmi les veinards qui avaient décroché le bon numéro à la loterie de la postérité. Depuis des siècles, l'humanité n'en finissait pas de balayer derrière elle pour faire place nette. Quand il évoquait ce passé si proche et dont, bientôt, il serait le dernier survivant, Armand éprouvait dans sa poitrine le poids des années parcourues depuis l'exaltation d'avant-hier jusqu'au blasement d'aujourd'hui. Pour se résigner à la tristesse des ambitions trop tôt satisfaites, il songeait qu'il y avait une compensation pour un vieillard comme lui à se dire que quelqu'un d'étranger à sa famille le louait à tous les échos et espérait recueillir les leçons de son expérience. N'était-ce pas là l'esprit même du compagnonnage, cher aux meilleurs ouvriers de la France d'autrefois ? Après avoir considéré Désormieux comme un gêneur, voire comme un usurpateur, il se surprenait à penser qu'il y avait de la noblesse dans cette transmission du relais des mains d'un ancien champion à celles d'un apprenti impatient de prouver sa valeur. Peut-être était-ce même la véritable raison d'être d'un écrivain au déclin de sa carrière ?

Tout en écoutant Désormieux commenter ironiquement les diverses interventions qui avaient précédé la sienne lors de son passage à la télévision, il ne pouvait s'empêcher de noter au vol, de temps à autre, une impropriété de langage dans le récit de son invité. Les légères scories grammaticales, les formules d'un modernisme affecté lui remirent en mémoire l'opinion de Sandy après la lecture du roman de Désormieux : « Ça veut être rigolo, et ça ne l'est pas toujours. Par moments, on dirait une bande dessinée sans les dessins ! » Excellente formule ! Il sourit intérieurement et décida que Sandy avait touché juste. Au vrai, malgré la sympathie que lui inspirait Désormieux, il se sentait encore — grâce au Ciel ! — supérieur à lui. Sinon par le talent (on ne connaît pas de système métrique pour mesurer, au gramme près, le poids du génie !), du moins par le savoir-faire. En toute conscience, Armand jugeait que si, dans ses écrits, il mêlait volontiers de l'humour à la gravité, de la spiritualité à la cocasserie, comme dans *Feu Monsieur Prométhée*, il ne versait jamais dans le calembour, le quiproquo et la farce dont Désormieux assaisonnait ses productions. Ce qui, chez Armand, était souriant et de bon aloi, tournait chez son émule en une bouffonnerie débridée et gratuite. Certes, il aurait pu conseiller à Désormieux de modérer ses extravagances. Mais qui sait si, croyant l'assagir pour son bien, il n'eût pas détourné de lui des milliers de lecteurs friands d'amusements faciles ? Etait-ce à lui, dont l'audience auprès du public était de plus en plus restreinte, à enseigner un gaillard qui semblait avoir trouvé la recette du succès ? Non, non, décida-t-il, le premier devoir d'un « ancien » est de laisser la bride sur le cou à quiconque se prétend son adepte. Ainsi du moins, si le jeunot se casse la gueule au cours de ses acrobaties, ne pourra-t-il s'en prendre qu'à lui-même ! Personne, à l'époque de ses débuts, n'avait appris au timide Armand Boisier à tenir la plume. Pourquoi, alors qu'aucun grand écrivain ne l'avait chaperonné jadis, fallait-il qu'il aidât Désormieux à devenir, à son tour, un grand écrivain ? C'était absurde ! D'ailleurs, un « grand écrivain », Désormieux l'était peut-être déjà ! Il faisait semblant d'avoir besoin des directives d'Armand pour réussir sa percée, mais, en vérité, il savait très bien où il allait, quels journalistes influents méritaient d'être caressés dans le sens du poil et ce qu'il devait écrire pour rester le numéro un sur la liste des meilleures ventes de la semaine. En cette minute même, tandis que son visiteur évoquait, sur le ton de la bonhomie, les rapports qu'il avait eus avec différents éditeurs avant de signer un contrat avantageux avec Bertrand Lebroucq, Armand subissait une impression de fausseté joviale, de gentillesse intéressée.

Parvenu à ce point de ses réflexions, il ressentit le besoin de voir Sandy pour faire le point sur ses relations avec Désormieux. Elle vint, comme elle l'avait promis, en fin d'après-midi, et se mêla gaiement à la conversation entre les deux hommes. Le débat prit immédiatement un tour plus amical que littéraire. Elle tenait de sa mère le don de mettre du liant dans les entretiens les plus sérieux. Dès qu'Isabelle apparaissait dans un cercle de discuteurs, les visages s'éclairaient, les propos pétillaient. Lorgnant sa fille à la dérobée, Armand se félicitait qu'elle se fût si bien coiffée et maquillée et qu'elle eût revêtu cette robe qu'il aimait, simple, droite, en tissu gris tourterelle avec un liseré couleur cerise à la ceinture et aux poignets. Elle portait au cou le collier préféré de sa mère, en grosses mailles d'or guilloché. D'ailleurs, quand elle souriait, elle ressemblait si étonnamment à Isabelle qu'il arrivait à Armand de se tromper de prénom en lui parlant dans l'intimité. Et voici qu'elle souriait, justement, les lèvres à peine entrouvertes, les yeux plissés de malice, tandis que Désormieux imitait, pour la divertir, un artiste de variétés, coqueluche des médias, et réputé pour ses « cuirs » et pour ses gaffes. Il était au courant des moindres potins de la capitale, ce sacré Désormieux ! On eût dit qu'un miraculeux don d'ubiquité le promenait aux quatre coins de Paris dans le même instant. Il savait quels étaient les derniers livres publiés, les derniers ragots de coulisses, les derniers scandales politiques, les dernières coucheries des vedettes, les derniers films en cours de tournage et les dernières rengaines des chanteurs en vogue aux Etats-Unis et en Angleterre. Ce qu'il disait était toujours drôle et ne tirait jamais à conséquence. Sandy l'écoutait avec l'avidité d'une spectatrice insatiable, en fumant cigarette sur cigarette. Elle paraissait avoir dix ans de moins quand elle s'amusait, ce qui était le cas ce soir. Comme Armand lui reprochait d'abuser du tabac, elle mit un doigt sur ses lèvres et murmura :

— Chut, papa ! Tu ne vas pas m'interdire le seul plaisir qui me reste !

Cette petite guerre affectueuse entre eux durait depuis sept ans. Sandy s'était mise à fumer tout de suite après son divorce. Soudain, arrêtant Désormieux au milieu de son numéro de féroce parodie, elle l'invita à rester dîner. Etonné par cette initiative insolite, Armand ne put que l'appuyer, par politesse. Mais il proposa :

— Nous pourrions aller à « La Courgette ». C'est à deux pas !

— Non, je préfère ici, dit Sandy. Ce sera plus intime.

Désormieux jubilait. On convoqua Angèle. Consultée par Sandy, la femme de chambre fut saisie de panique : on n'avait que des restes de la veille dans le frigo ! Instantanément, Sandy se transforma en maîtresse de maison. Prenant l'affaire en main elle se précipita dans la cuisine, inspecta les placards, donna des ordres à une Angèle épouvantée par cette improvisation révolutionnaire et concocta, en quinze minutes, un menu de charcuterie et de ratatouille. Ce fut « Madame Sandy » qui, à la requête de la servante, prépara elle-même l'assaisonnement de la salade verte, car elle avait un secret pour la réussir, et qui choisit les fruits de la compote destinée au dessert.

Son père et Désormieux surveillaient ses allées et venues entre la cuisine et la table, où la femme de chambre dressait les trois couverts.

— Non, non, pas cette nappe-là, Angèle ! disait Sandy. Mettez la nappe de lin bleu pâle. Celle aux incrustations blanches. Et changez-moi ces couteaux, ces fourchettes. Nous prendrons les autres, vous savez bien, avec des manches en ébène.

On aurait dit sa mère dans ses meilleurs jours. Armand en était rétrospectivement attendri. Il se rappela également que, avant son divorce, Sandy devait parfois organiser un repas à l'improviste, parce que Bill Neistorg ramenait deux ou trois collègues chez lui, à dîner, sans l'avoir prévenue. Il était arrivé qu'Isabelle et Armand fussent, eux aussi, conviés à ces agapes de rattrapage. On mangeait à la fortune du pot. Et c'était toujours bon !

Cette fois encore, Sandy, légère et allègre, se surpassa. Désormieux témoignait d'un appétit d'ogre. Mais il avait l'art de parler sans s'arrêter de mastiquer et de boire. Il vanta la ratatouille, les pâtes au gratin, le vin, les fromages et le talent culinaire de Sandy, qui, disait-il, égalait le talent littéraire de son père. Ces compliments étaient débités avec un tel entrain qu'en les écoutant Armand se sentait devenir jaloux. Non de la faconde et du succès de Désormieux, mais de sa passion de la vie. Lui-même n'avait jamais aimé que la littérature. Il avait oublié d'exister pour écrire. Ou plutôt, il n'avait écrit que pour se prouver qu'il existait. Jean-Victor Désormieux était un dégustateur exalté ; Armand Boisier, un professionnel prudent. Mieux : en exerçant le même métier, ils étaient aussi dissemblables qu'un voyant et un aveugle. Le voyant J.V.D. ouvrait les yeux en grand sur le monde pour essayer de tout capter, de jouir de tout ; l'aveugle Boisier, en revanche, tournait ses regards en lui-même et se contentait d'imaginer ce qu'il ne pouvait atteindre. Ils n'étaient donc pas rivaux, mais, au contraire de ce qu'Armand avait d'abord déploré, fatalement complémentaires. Ils marchaient la main dans la main. Lequel des deux guidait l'autre ?

Emergeant de cette méditation solitaire, Armand s'aperçut soudain que la conversation avait continué sans lui. On en était à éplucher les qualités et les défauts d'une pièce qui faisait courir tout Paris et qu'il n'avait pas eu la curiosité de voir. Il n'allait d'ailleurs plus jamais au théâtre. Ni au cinéma, du reste. Trop fatigant, trop décevant, au bout du compte. En vieux retraité des plaisirs de la vie, il préférait la lecture ou — pourquoi pas — la télévision. Heureusement, le débat sur le monde des spectacles s'essoufflant, on revint à celui des livres qui lui était plus familier. De nouveau, Sandy critiqua la mesquinerie des Editions du Pertuis, qui compromettaient la diffusion d'un bon bouquin en « mégotant » sur les dépenses de publicité. De fil en aiguille, elle retourna aussi à son idée fixe, selon laquelle le dernier roman de son père avait été desservi par son titre. Aussitôt, Désormieux s'enflamma. Prenant fait et cause pour son « maître », il affirma qu'en appelant son récit *Feu Monsieur Prométhée*, Armand avait obéi à une inspiration géniale, car, en cette seule formule, il avait résumé la philosophie blagueuse de l'histoire. Sandy répliqua en se référant aux avantages de la solution qu'elle avait d'abord proposée, *Les Violons de l'horreur*, et qui avait été écartée sans motif. Dans la chaleur de la discussion, elle s'adressait à Désormieux en disant, à la bonne franquette, J.V.D. Comme la majorité des lecteurs sans doute. Comme toute la France, demain !

Puis, le sujet étant épuisé, on passa insensiblement à des considérations de haute politique. Là encore, il sembla à Armand que Sandy avait trouvé en J.V.D. un allié qui partageait ses idées naïvement humanitaires. J.V.D. se flattait d'être hostile à toute tentative d'endoctrinement et de coercition de la jeunesse. Ayant entendu raconter dans son enfance les barricades de Mai 68, il avait gardé de la grande aventure des aînés la haine de l'uniforme, la nostalgie des camaraderies nocturnes entre filles et garçons, le désir de tout chambouler et la secrète intention de ne le faire qu'en paroles. Armand s'amusait des propos généreux sur les libertés intellectuelles, confessionnelles, raciales, sexuelles que J.V.D. échangeait avec Sandy alors que lui savait pertinemment combien cette chimère réservait de désillusions à ceux qui l'avaient jadis enfourchée. Mais, tout en les raillant, il les enviait de croire encore à quelque chose. Au vrai, depuis longtemps, depuis la mort de sa femme peut-être, il se jugeait en sursis, en surnombre, un pied ici, l'autre ailleurs. L'âge lui avait ôté jusqu'à la possibilité d'imaginer un monde meilleur en remplacement de celui qu'il se préparait à quitter bientôt. Il souriait de loin, en spectateur désabusé, au bavardage et à la gesticulation des héritiers du siècle. La manie des nouvelles générations de « zapper » toutes les deux minutes à la télévision, de se complaire dans les « sites » de l'Internet et de calculer leurs gains en « euros » lui signifiait qu'il était temps pour lui de se diriger vers la sortie. Plus précisément, il se disait que le règne absolu de l'ordinateur annonçait le déclin de son règne à lui. Par fidélité à la tradition, il se cramponnait à la plume de Balzac, de Flaubert, et continuait à prétendre qu'en passant des brumes fécondes de l'esprit aux touches exactes du clavier le sentiment se refroidissait et se figeait. Au contraire, quand il traçait des mots à la main sur une page vierge, il avait la secrète satisfaction de dessiner sa phrase en la concevant. Une telle jouissance était irremplaçable ! Ce n'était pas à quatre-vingt-cinq ans qu'il allait changer de technique ni d'idéal ! Subitement, il constata qu'il était en train de s'ennuyer. Le repas de Sandy pesait sur son estomac. Il avait trop bu. Son esprit s'embrumait sans qu'il pût définir s'il était triste, las, irrité, ou s'il avait simplement envie de vomir. Tout à coup il souhaita voir partir ce J.V.D. intarissable. Et même Sandy qui souriait trop. Mais ni l'un ni l'autre ne paraissaient deviner son impatience.

Ils restèrent jusqu'à deux heures du matin. Armand les reconduisit à la porte de l'appartement. J.V.D. s'était offert à raccompagner la jeune femme chez elle. Cela rassura Armand. Il n'aimait pas savoir sa fille seule, la nuit, dans les rues. Comme de juste, Angèle s'était éclipsée sitôt après avoir rangé la cuisine. Le vide, le silence ainsi revenus dans la maison étaient reposants pour l'âme. En se couchant, ce soir-là, Armand savoura le bonheur de la solitude. Pourvu qu'il n'eût pas une de ces insomnies absurdes qui le saisissaient parfois, peu avant le lever du jour !

Cela ne manqua pas ! A cinq heures du matin, il était debout et tournait en rond dans ses trois pièces étouffantes, ne désirant ni lire, ni écrire, ni regarder la télévision. Angèle arriva pour prendre son travail, comme d'habitude, à huit heures et demie. Ayant avalé son petit déjeuner, Armand parcourut les journaux, dépouilla son courrier, attendit encore cinq minutes, décrocha le téléphone et appela Sandy. Elle lui répondit dès la deuxième sonnerie. Il entendit avec soulagement, dans l'écouteur, la voix paisible, quotidienne, qui rythmait, depuis tant d'années, son interminable veuvage. Il demanda à tout hasard :

— Tu vas bien ?

— Très bien.

— Tu es rentrée sans encombre, hier soir ?

— Mais oui !

— Tu es seule ?

Elle éclata de rire :

— Quelle question, papa !

Il respira un bon coup et marmonna, mi-inquiet, mi-goguenard :

— Je disais ça pour plaisanter !

En fait, il n'avait jamais été plus sérieux.

V

Il y eut encore de nombreuses rencontres. D'un rendez-vous à l'autre, Armand devenait plus perméable à la curiosité admirative de Désormieux. Chaque fois, en venant rue des Saints-Pères, J.V.D. questionnait avec avidité son hôte sur ses idées en matière de création romanesque, sur son père, sur sa mère, sur son mariage précoce avec Isabelle, sur ses relations avec son « adorable fille », sur ses travaux, sur les usages immémoriaux de l'Académie française... D'abord agacé par ce furetage systématique, Armand finit par s'y habituer et même par y prendre goût. Il attendait avec impatience le coup de sonnette de celui qui n'était plus un intrus, mais un confident nécessaire. Il lui plaisait d'évoquer, devant un tiers attentif et déférent, le souvenir de ses jeunes années à Montpellier, de ses parents, instituteurs l'un et l'autre, de ses farces et de ses performances d'écolier, de ses courses avec des copains dans la garrigue, de ses essais littéraires publiés sous un pseudonyme dans une feuille de chou locale, de son coup de foudre à un bal de la préfecture devant celle qui allait devenir sa femme, de ses premières et timides visites académiques, de son angoisse à la veille de son élection... Pendant qu'il se déballait ainsi, J.V.D. prenait des notes, en style télégraphique, sur un calepin. Puis il revint avec un magnétophone pour recueillir avec plus d'exactitude les paroles du « maître ». Enfin, il avoua à Armand qu'il ambitionnait d'écrire sur lui une biographie exhaustive. Il n'y en avait pas encore eu, à sa connaissance, ce qui était scandaleux. Chatouillé dans son amour-propre, mais inquiet par nature, Armand voulut, selon la coutume, consulter Sandy avant de se décider. Or, elle se déclara favorable à ce genre d'hommages, en raison notamment du talent de l'auteur pressenti. Cependant, elle estimait que la pudeur instinctive de son père, sa réserve quasi morbide, sa modestie légendaire l'empêcheraient de livrer le fond de sa pensée, la fleur de sa mémoire, à un enquêteur aussi respectueux que J.V.D. Elle était même sûre qu'il gâcherait tout par excès de conscience ou par peur du ridicule. D'après elle, il était moins désigné que quiconque pour parler de lui-même. Et elle proposait de répondre à sa place, avec toute la franchise souhaitable, à l'interrogatoire de son émule. Ravi de cette collaboration inattendue avec sa fille, Armand accepta d'enthousiasme. Il fut convenu que, deux fois par semaine, J.V.D. se rendrait chez elle pour enregistrer ses déclarations et que, les deux jours suivants, il les compléterait par une interview d'Armand à son domicile. Comme son père lui avait confié jadis les archives de la famille, ce serait elle qui fournirait à J.V.D. les documents officiels, les lettres de correspondants illustres, les photographies, les diplômes, les dates, bref tous les détails nécessaires à la composition de l'ouvrage. En vérité, très rapidement, Armand se désintéressa de cette exhumation de témoignages historiques autour de sa personne. S'il prenait quelque satisfaction à se raconter devant un étranger, il préférait que ce fût sur un plan élevé, philosophique, et en évitant de se perdre dans des précisions oiseuses. Bientôt, il demanda à sa fille, comme un service, de s'occuper seule, avec J.V.D., de la mise au point de sa future biographie. A dater de ce jour, J.V.D. réserva toutes ses visites d'information à Sandy.

Un soir, alors que, en présence de son père, Sandy cherchait avec J.V.D. un titre attractif pour l'ouvrage encore en gestation, Désormieux se tourna vers Armand et lui demanda à brûle-pourpoint :

— Quel est votre signe du zodiaque ?

— Drôle de question ! Je suis né un 10 novembre, répondit Armand un peu interloqué.

— Sous le signe du Scorpion, alors ?

— Oui, à ce qu'il paraît !

— Et quel est votre ascendant zodiacal ?

— Scorpion également, si je ne m'abuse !

— C'est extraordinaire ! Vous êtes donc Scorpion ascendant Scorpion !

— Peut-être... Je n'y ai jamais attaché d'importance !

— Vous avez tort ! Cette circonstance vous place sous une influence astrale très étrange ! Nous devrions appeler votre biographie : *Scorpion ascendant Scorpion.* Avec, en sous-titre, cette simple indication : *Portrait psychologique d'Armand Boisier.*

Comme électrisée, Sandy bondit de sa chaise et s'écria :

— Quelle formidable trouvaille : *Scorpion ascendant Scorpion* ! On dirait un appel de clairon ! Et c'est tellement toi, papa !

Armand estimait que ce titre était un rien prétentieux. Il eût préféré chercher une formule plus discrète. Mais J.V.D. et Sandy lui jurèrent qu'on ne pouvait trouver mieux, et il accepta l'honneur d'être publiquement proclamé, par ses deux admirateurs, comme appartenant au huitième signe du zodiaque.

Bien que ladite biographie n'existât encore qu'à l'état d'ébauche, Sandy, spécialement mandatée par son père, négocia un contrat avec les Editions du Pertuis pour sa publication dans un an et demi, avec partage des droits d'auteur par moitié entre Armand et J.V.D. Alors qu'Armand la traitait encore en gamine, ces pourparlers, menés tambour battant, prouvaient qu'elle était aussi avisée dans les affaires que dans l'amour filial. Armand l'en félicita et l'encouragea à prendre désormais, en toute occasion, la défense de ses intérêts. En se mettant totalement sous la coupe de Sandy, il était sûr de favoriser sa propre indépendance, puisqu'elle le libérait d'une des plus pénibles corvées du métier d'écrivain : l'auto-promotion !

Comme elle était très occupée par l'élaboration, en collaboration avec J.V.D., du texte de ce *Scorpion ascendant Scorpion*, Armand la voyait de moins en moins. Il ne s'en plaignait pas d'ailleurs, car il avait eu, entre-temps, une nouvelle idée de roman. Un inceste, s'achevant en crime, au XVIIe siècle. Mis par lui dans la confidence, Sandy et même J.V.D. estimaient que la fantaisie historique qu'il avait imaginée était légèrement « ringarde », mais Armand tenait aux amours de cette sœur et de ce frère en costumes Louis XIII, et s'évertuait à parfaire sa documentation sur l'esprit et les mœurs de l'époque. Passionné par le projet, il s'inquiétait à peine du calme plat qui régnait autour de son dernier livre. Une fois de plus, il constatait que le but essentiel de sa vie n'était pas d'avoir du succès et de gagner de l'argent, mais d'écrire ce qui lui tenait à cœur. Il le dit à Sandy et à J.V.D., et tous deux l'approuvèrent. J.V.D. décida aussitôt de citer cette réflexion « d'une sincérité bouleversante » dans *Scorpion ascendant Scorpion*.

Cependant, comme lui-même continuait à caracoler en tête des sondages, il évitait de se prévaloir de ses performances devant un confrère moins bien favorisé. Cette discrétion charitable agaçait Armand. Il la jugeait affectée. N'avait-il pas rappelé assez souvent à son entourage qu'il se moquait de cette comptabilité de boutiquier ? Comment un homme aussi perspicace que J.V.D. pouvait-il mettre en doute sa franchise ? Que fallait-il faire pour prouver au monde que sa seule fierté, au terme d'une longue existence, était d'avoir servi la littérature dans la mesure de ses faibles moyens ? Par un curieux balancement de la pensée, plus il se détachait de la carrière commerciale de son dernier bouquin et plus il s'intéressait à l'ouvrage que J.V.D. comptait consacrer à sa vie et à son œuvre. A plusieurs reprises, il interrogea son jeune biographe sur l'avancement de son travail. J.V.D. répondait invariablement : « Ça se décante !... Ça bouge !... Je vous montrerai le début dès qu'il sera au point !... » Sandy n'était pas plus loquace. Elle continuait à recevoir J.V.D. rue Visconti pour lui communiquer les éléments nécessaires à son entreprise, mais rien ne filtrait de leur besogne à huis clos. Ils étaient devenus aussi mystérieux, aussi lointains l'un que l'autre.

Néanmoins, comme lors de ses rares visites chez son père Sandy avait toujours le même visage gai et vaillant, il refusait de s'alarmer pour elle. Depuis qu'il habitait seul, il avait pris l'habitude de tout juger sous l'angle de son confort, de sa santé et de la richesse constamment menacée de sa plume. Quand il évoquait l'importance de Sandy dans sa vie, c'était d'abord à lui qu'il pensait. Or, un soir qu'elle venait le voir en coup de vent, il lui trouva l'air nerveux et las, le teint brouillé, le regard fuyant. Elle semblait à la fois coupable et furieuse. Il pensa que, comme tout un chacun, elle avait des soucis d'argent. Mais elle ne manquait de rien : à la mort de sa mère, elle avait hérité de deux immeubles de rapport dans Paris, dont les loyers lui permettaient de vivre largement. En outre, elle touchait quelques sous en collaborant à des journaux de mode. Non, ce qui la turlupinait aujourd'hui, c'était, avoua-t-elle tout de go, l'avenir de J.V.D.

— Il est entièrement bouffé par ce *Scorpion ascendant Scorpion*, dit-elle, et, depuis, il n'écrit plus pour lui-même. C'est désolant ! Il ne sait pas où il en est, il patauge, il voudrait trouver un boulot rémunérateur à côté, il est tenté d'accepter un poste de rédacteur en chef dans un journal de province. S'il décroche ce *job* miraculeux, il devra s'installer à Toulouse. Tu te rends compte ? Un sérieux handicap pour le livre qu'il est en train de rédiger sur toi. Et une catastrophe pour le nouveau roman auquel il pense et dont il n'a pas encore tracé une ligne ! Oui, oui, il l'a en tête, mais il ne se décide toujours pas à se lancer ! Ce qui le paralyse, vois-tu, papa, c'est précisément le succès des *Outrages*. Il a peur de décevoir ses lecteurs, après une réussite phénoménale ! Il rêve d'un second départ. Au fond, ce qu'il lui faudrait, si j'ai bien compris, c'est un encouragement d'en haut, un déclic, un coup de fouet...

— Peut-être, peut-être, grommela Armand. Seulement, eu égard à la notoriété actuelle de J.V.D., ce « coup de fouet » qu'il demande, je ne vois pas qui pourrait le lui donner !

Sandy lui jeta un regard incisif et répliqua avec une sereine assurance :

— Mais toi, papa !

— A quel titre ? bredouilla-t-il, interloqué.

— Tu n'aurais qu'à en parler à l'Académie

française. Vous avez des tas de prix à décerner dans les semaines à venir. Si tu te débrouilles, tu lui en feras attribuer un de première importance. Le Grand Prix du Roman, par exemple ! Il serait fou de joie ! Ça lui redonnerait le moral ! Et à moi aussi !

— A toi aussi ? demanda Armand en scrutant sa fille.

— Oui, papa, chuchota Sandy.

Et elle baissa la tête, rentra le cou dans les épaules comme si elle eût attendu une gifle. Elle était si jolie dans sa contrition qu'il était prêt à tout lui pardonner. N'était-il pas normal qu'elle eût, à son âge, une légère inclination pour un garçon de la valeur de J.V.D. ? Mais il ne fallait pas que l'idylle dégénérât en gaudriole ! S'il pouvait tolérer une communion intellectuelle et sentimentale de bon ton, il refusait d'avance l'idée d'une vraie liaison avec son cortège de turpitudes.

— Tu l'aimes ? questionna-t-il dans un soupir.

Et il se figea, terrifié, en attendant la réponse :

— Oui, papa, dit Sandy.

— Et tu as couché avec lui ?

— Non.

— Mais tu comptes le faire ?

— Je ne sais pas... Peut-être...

Il eut l'impression stupéfiante qu'elle le trahissait, bien qu'elle ne lui eût jamais juré fidélité, et pour cause. Elle le trompait, elle le salissait et se salissait en aimant un autre homme. Elle n'avait pas le droit « de lui faire ça » ! Il allait la répudier ! Soudain, un éclair de lucidité traversa sa colère. Il eut conscience qu'il reprochait à sa fille ce qu'il eût été en droit de reprocher à une épouse. Une seule issue : divorcer. Mais on ne divorce pas de son enfant, quels que soient ses torts. On la subit jusqu'au bout. Après un combat intérieur qui le laissa rompu, Armand balbutia, humilié, écœuré :

— Fais comme tu veux... Mais, je t'en prie, réfléchis... Tu as quarante-huit ans. Il en a quarante-deux...

— Je ne le sais que trop, papa ! rétorqua-t-elle d'un ton rageur.

Et une flamme vindicative s'alluma dans ses yeux. Elle le toisait avec défi. Sous ce regard inamical, il se sentait pénétré par un froid de glace. Malade à l'idée de la perdre, il dit encore :

— Attends un peu, Sandy, ma chérie... J'ai

tellement peur qu'on ne te fasse du mal !... Tu es vulnérable ! Tu ne vois que le bon côté des choses !

— C'est toi qui me fais du mal en cet instant, dit-elle sans abaisser les paupières.

Sur le point d'abandonner la partie, Armand eut un dernier sursaut d'énergie et revint à la charge :

— Il n'habite pas chez toi, tout de même ?

— Si, proféra-t-elle nettement et comme par bravade.

— Depuis quand ?

— Depuis quinze jours.

— Tu m'as dit, tout à l'heure, que vous n'aviez pas couché ensemble...

— Je t'ai menti.

— Alors, vous en êtes là ?

— Oui.

— Un collage ! s'écria-t-il dans un élan de fureur qu'il jugea aussitôt « démodé ». Un vulgaire collage ! Toi, ma Sandy...

— Tu préférerais un mariage, comme avec Bill ?

— Non. Comme moi avec ta mère !

Elle hocha la tête mélancoliquement.

— Tu me demandes l'impossible !

— Parce que, au lieu de lever les yeux vers

les étoiles, tu regardes à tes pieds, dans la boue, les confettis de la fête foraine !

Cette métaphore grandiloquente la fit éclater de rire :

— Quels confettis ? Quelle fête foraine ?

— Les confettis de la presse à quatre sous, la fête foraine de la publicité !

Les prunelles de Sandy se chargèrent d'une lueur d'orage :

— Je t'en prie, papa, dit-elle abruptement, nous ne sommes pas au théâtre ! D'ailleurs, je préfère m'en aller !

C'était le coup de grâce. Il était « sonné », « *K.O. debout* », comme disaient les commentateurs des championnats de boxe, à la télé. Déjà, Sandy se dirigeait vers la porte. Emergeant du brouillard, Armand eut la force de la questionner encore :

— C'est Désormieux qui t'a envoyée ?

— Non.

— Tu es venue de ton plein gré ?

— Oui.

— Ne lui dis rien... Ne lui dis rien encore, ma chérie... Que tout cela reste entre nous...

Elle s'était arrêtée à mi-chemin. Elle le dévisageait avec une pitié atroce. Sur le point de capituler, il cherchait ses mots. Enfin, il balbutia :

— C'est entendu, je vais voir ce que je peux faire pour un prix de l'Académie. J'en parlerai à mes confrères, jeudi prochain... Je doute que ce soit possible... Mais on ne risque rien en essayant...

Le visage de Sandy s'éclaira d'une allégresse enfantine. Elle sauta au cou de son père et l'embrassa sur les deux joues. Après quoi, elle se détacha de lui et sortit de la pièce sans se retourner. Armand resta sur place, la respiration coupée et les larmes aux yeux. Il lui sembla qu'il venait de perdre sa femme pour la seconde fois.

VI

La Commission des Prix de l'Académie française, composée d'une quinzaine de membres, se réunit, comme de coutume, le jeudi à treize heures trente, dans une des petites salles de travail de l'Institut. La grande table, drapée d'un tapis vert bouteille, derrière laquelle Armand Boisier et ses confrères avaient pris place, était chargée d'une montagne de livres, dont quelques-uns seraient sélectionnés pour concourir à l'affrontement final. Selon la tradition, c'était le secrétaire perpétuel, Mme Hélène Carrère d'Encausse, nouvellement élue à cette fonction, qui présidait la séance. Pour les prix secondaires et les fondations diverses, le tri fut rapide et la désignation quasi instantanée. En revanche, lorsqu'on aborda les chapitres principaux du palmarès, l'attention des participants s'aiguisa. Chaque académicien avait son candidat et en défendait âprement les mérites. Fidèle à sa promesse, Armand évita de se disperser avant l'ouverture de la discussion sur le Grand Prix du Roman, le plus convoité de tous.

Or, dès les premières passes d'armes pour l'attribution de cette récompense, il y eut de sérieuses controverses autour de la table. Alors qu'Armand affectait une certaine désinvolture pour vanter les qualités des *Outrages*, son voisin, Bertrand Poirot-Delpech, s'avisa de lui opposer l'ouvrage d'un inconnu, inspiré par une sombre affaire judiciaire, et Jean d'Ormesson loua, en termes hyperboliques, l'évocation des tourments d'un navigateur solitaire en quête d'un commanditaire pour équiper son prochain bateau. Heureusement, Jean Dutourd bondit au secours d'Armand en proclamant avec fougue que J.V.D. méritait les lauriers académiques, parce que son bouquin était le moins académique de tous ceux qui lui étaient passés entre les mains. De son côté, Michel Mohrt s'étonna qu'on voulût distinguer un auteur déjà couronné et surcouronné par les médias.

— Nous aurions l'air d'obéir à la *vox*

populi, dit-il, alors que notre rôle est de précéder et de guider le choix du public !

C'était également l'opinion d'Armand, mais, pour prouver son impartialité, il reconnut le bien-fondé de la contradiction tout en continuant de souligner que le cas de J.V.D. était exceptionnel et qu'il ne fallait pas négliger cette occasion de marquer l'intérêt que l'Académie portait à l'essor des jeunes talents.

— J'estime que nous devons toujours proclamer ce que nous aimons sans nous soucier d'aucune consigne, prononça-t-il avec une emphase qui lui tenait lieu de conviction.

Maurice Druon l'approuva si chaleureusement qu'il crut avoir gagné la partie. Toutefois, Félicien Marceau avança une objection de taille : selon lui, l'ouvrage de Désormieux, malgré ses qualités évidentes, ne répondait en rien à la définition du Grand Prix du Roman, puisqu'il consistait en une réflexion humoristique sur les déboires d'un raté en révolte contre tous ceux qui voulaient l'aider à réussir.

— Où avez-vous vu quoi que ce soit de romanesque dans ce bouquin qui n'est qu'une sorte de monologue railleur et rageur ? demanda-t-il en jetant un regard à la ronde.

Vexé, Armand répliqua :

— Mais si, mon cher confrère ! Il y a une intrigue sentimentale dans *Les Outrages*. Simplement, elle se dissimule sous le masque de la bouffonnerie. En écrivant cette fable insolite, l'auteur a voulu exprimer sa philosophie personnelle à travers quelques personnages !

— A ce compte-là, tous nos livres, même quand il s'agit d'essais ou de biographies, sont des romans ! dit Jean d'Ormesson.

Comme le débat risquait de s'éterniser, Jean Dutourd en appela au bon sens de chacun :

— On ne va pas perdre son temps à couper les cheveux en quatre ! s'écria-t-il. Ou le bouquin de J.V.D. vous plaît et il faut lui donner le Grand Prix du Roman sans barguigner, ou il vous déplaît et il faut l'écarter sans remords !

Maurice Druon, qui lorgnait sa montre, renchérit avec détermination :

— Jean-Victor Désormieux n'a reçu aucune récompense officielle jusqu'à ce jour. Il serait bon que le premier coup de chapeau lui fût adressé par nous.

Sur ce, on vota. Il fut décidé que, selon l'usage, on soumettrait les trois noms arrivés en tête au suffrage de l'ensemble des confrères, en séance plénière, dans quinze jours. Ainsi, ils auraient le temps de prendre connaissance des ouvrages proposés à leur jugement. C'était d'ailleurs rarissime que leur choix invalidât celui de la Commission. Pour mieux les guider dans le vote final, les trois postulants étaient classés dans l'ordre de préférence par leurs quinze premiers examinateurs. Au terme de ce galop d'essai, ce fut Jean-Victor Désormieux qui coiffa les deux autres sur le poteau.

Quand Hélène Carrère d'Encausse annonça le résultat, Armand eut l'impression d'être à la fois exaucé et puni. En quittant la table des délibérations, il se mêla à quelques confrères qui, eux aussi, se dirigeaient vers la porte. Comme s'il voulait se justifier d'une tricherie, il marmonna :

— En somme, tout s'est bien passé !

— Vous aviez des inquiétudes ? demanda Hélène Carrère d'Encausse avec une intuition toute féminine.

Son sourire, un rien amical, un rien moqueur, désarma Armand.

— Non, non... Pas du tout ! bredouilla-t-il.

Et il se dépêcha de sortir. Derrière son dos, il entendit Maurice Druon qui disait :

— N'oublions pas qu'il s'agit d'une proposition et non d'une décision. Dès demain, les trois ouvrages retenus seront mis à la disposition des confrères qui ne les ont pas encore lus. La compagnie ne se prononcera, en toute souveraineté, que dans quinze jours. D'ici là, les esprits se seront apaisés et beaucoup d'eau aura coulé sous les ponts !

Deux semaines plus tard, beaucoup d'eau avait coulé sous les ponts, mais les esprits ne s'étaient pas apaisés. La séance plénière s'ouvrit dans un climat tendu. Au fond de la grande salle, le portrait en pied du cardinal de Richelieu veillait sur cet aréopage d'un peu moins de quarante cerveaux survoltés. Plusieurs confrères critiquèrent le choix de Désormieux, qualifié par l'un d'entre eux de « casseur d'assiettes qui n'ose pas opérer à visage découvert ». Selon ces détracteurs, l'Académie se déshonorerait en accordant une de ses récompenses les plus enviées à un écrivain qui n'avait en tête que provocation et esbroufe. Bien qu'il fût enchanté de ce coup bas décoché à J.V.D., Armand défendit de son mieux celui qu'il considérait comme son gendre calamiteux de la main gauche. Sitôt après cet échange de propos vifs mais polis, on passa au vote. Pendant que l'appariteur faisait le tour de l'assemblée en présentant l'urne où chacun déposait son bulletin, Armand se desséchait d'angoisse. On eût dit que c'était son œuvre à lui qui était en ballottage. Ce qu'il espérait sans pouvoir le dire, c'était un résultat négatif. Tant pis pour le chagrin qu'en aurait sa fille ! La justice avant tout ! Ayant parcouru toute l'assistance, l'appariteur déversa sa moisson de petits cartons sur la chaire du « bureau » en exercice et Alain Decaux, directeur pour le trimestre, procéda au dépouillement et annonça, pour chaque concurrent, le nombre de suffrages recueillis. En fin de compte, ce fut Jean-Victor Désormieux qui décrocha la timbale par trois voix de majorité. Ce n'était une surprise pour personne. Mais la satisfaction d'Armand fut nuancée. A la sortie de la salle des séances, Maurice Druon lui dit, en le prenant par le bras :

— Tu as gagné, mon grand !

Cette ironie involontaire acheva d'accabler Armand.

En rentrant chez lui, il but un verre de whisky pour se remettre de ses émotions, chaussa ses pantoufles parce que ses souliers neufs lui blessaient les pieds et téléphona à Sandy qui attendait avec anxiété les nouvelles.

— Ça y est ! lui dit-il simplement. Il l'a eu !

Un glapissement d'allégresse lui répondit. Tant de joie pour si peu de chose ! Armand était ulcéré, épuisé, et avait envie de ne voir personne. Surtout pas J.V.D. ! Surtout pas Sandy ! Pour se relever du choc, il but, coup sur coup, deux autres verres et alluma le poste de télévision. C'était l'heure des informations. Entre l'annonce d'un incendie de forêt, d'une victoire de Marseille au football et de la mise en examen d'un membre du gouvernement accusé de recel et d'abus de biens sociaux, le commentateur, glabre, impassible et le regard perdu dans le lointain, révéla que l'Académie française venait de décerner quelques récompenses et que le Grand Prix du Roman était allé au brillant auteur des *Outrages*. En entendant cette proclamation, Armand eut le sentiment absurde que le titre du livre couronné par l'Académie française exprimait, en réalité, l'outrage qu'il venait de subir lui-même.

Le lendemain, la nouvelle fut reprise par la presse, la radio et la télévision. Chauffé à blanc par ce concert de louanges, Bertrand Lebroucq organisa, dans les locaux des Editions du Pertuis, une réception en l'honneur du lauréat. Tout Paris fut convié. Au centre de ce hourvari intellectuel, J.V.D. plastronnait, l'œil allumé, la barbe conquérante, avec, contre son flanc, une Sandy sottement énamourée. A chaque minute, elle levait un regard extasié vers le phénix dont elle avait la chance de partager la conversation et le lit. Ils ne se gênaient plus pour afficher leur liaison. On défilait devant eux comme devant des jeunes mariés à la sacristie. Serrements de mains, faux baisers, accolades trompeuses, congratulations de commande, toutes les singeries de la mondanité ! Les nerfs à cran, Armand aurait voulu jeter dehors ce ramassis de pantins, à commencer par Bertrand Lebroucq, éditeur irresponsable et épanoui, qui oubliait un peu trop vite que le véritable instigateur de cette gloire, c'était lui, Armand Boisier, dont les livres ne se vendaient plus.

Comme de juste, les journalistes s'agglutinaient autour de l'idole du jour. Des serveurs circulaient à travers la cohue et offraient des coupes de champagne sur un plateau. Quand la distribution fut terminée, Bertrand Lebroucq prit la parole et proposa un toast en l'honneur du lauréat. Armand vida son verre en songeant qu'il ne s'était jamais senti aussi ridicule ni aussi déplacé. Après quoi, il se dit qu'il n'eût pas éprouvé la même révolte si l'amant de Sandy avait été n'importe qui sauf un écrivain. Oui, oui, si J.V.D. s'était contenté d'être un avocat, un médecin, un charcutier, un pilote d'avion ou même un banquier comme Bill Neistorg, il eût accepté sa réussite sans trop de réticence. Quel diable avait poussé sa fille à s'enticher d'un romancier ? En agissant ainsi, elle défiait son père, non seulement sur le terrain sentimental, mais aussi sur le terrain professionnel, ce qui aggravait sa faute. Ce n'était pas un individu quelconque qu'elle accueillait dans sa couche, mais l'actuel favori de la presse et du public, le concurrent direct d'Armand Boisier. En faisant l'amour, elle participait à la mise à mort de celui à qui elle devait la vie. Ces galipettes d'une charmante quasi-quinquagénaire étaient pires qu'un banal sacrilège : un parricide. Tout en reconnaissant qu'il exagérait à la fois son infortune et l'ingratitude de Sandy, Armand estimait que sa présence à l'apothéose de J.V.D. constituait pour lui la plus noire des humiliations. Un nouvel arrivage d'invités le bouscula. Personne ne faisait attention à lui. Il n'y en avait que pour J.V.D. Avec le tam-tam déclenché autour de ce jeune loup, *Les Outrages*, dont la vente avait normalement baissé au fil des semaines, allait rebondir vers les sommets. Et ce regain de succès, qu'il avait orchestré, il était le premier à en souffrir ! Quelle injustice ! Des photographes se poussaient au premier rang pour prendre des clichés du héros de la fête et de sa compagne. Ce terme de « compagne » blessait Armand comme une incongruité, ou comme une incorrection de langage. Soudain, il entendit sa fille qui l'appelait. Tiens ! elle se souvenait donc de lui en ce jour de gloire ! Elle insistait ; elle lui faisait signe d'approcher ; elle voulait qu'on les photographiât tous les trois (la fille, le papa et l'amant) pour *Match*. Un tel honneur ne se refusait pas ! Le cœur soulevé, Armand s'avança vers le couple. Déjà, les photographes donnaient des ordres pour la mise en place du « tiercé gagnant » :

— Un peu plus à gauche, Monsieur Boisier... S'il vous plaît, entourez du bras les épaules de votre fille... Monsieur Désormieux... oui, J.V.D. prenez-la par la taille... Sandy, souriez à votre père... Maintenant à vous J.V.D... Là, parfait... Serrez-vous un peu les uns contre les autres... Que ce soit gai, décontracté, familial...

Toute honte bue, Armand obéissait. Les photographes multipliaient les prises d'images. Entre deux poses, Sandy s'avisa que la cravate de son père était déviée. Elle la rectifia d'un doigt léger. C'était son habitude quand elle l'inspectait, des pieds à la tête, avant une « sortie en ville ». A ce souvenir d'un temps où elle lui réservait toute son attention, le cœur d'Armand battit plus vite et ses genoux faiblirent. Déjà, elle s'écartait de lui, qui était à sa gauche, et arrangeait, du même geste mutin, la cravate de son amant, qui était à sa droite. Rappelé à l'ordre, Armand se raidit. Pour se venger de cette petite désillusion, il prit un air rogue au moment où, de nouveau, éclataient les flashs des photographes. Sur quoi, il prétexta une vague indisposition pour planter là carrément l'amant de sa fille, sa fille, son éditeur, les attachées de presse, les reporters, la foule de ceux qui s'obstinaient à croire qu'il était au bout du rouleau. Puis, sans que personne cherchât à le retenir, il s'évada, sur la pointe des pieds, vers l'air frais de la rue.

VII

De semaine en semaine, Armand constatait une évolution inquiétante dans ses relations avec Sandy. On eût dit qu'après n'avoir eu d'autres soucis que le bonheur et la santé de son père, elle découvrait, au fil des jours, un nouveau pôle d'intérêt, de nouvelles responsabilités, encore plus absorbantes, encore plus féminines. Elle venait le voir de moins en moins souvent et négligeait, en le quittant, de donner des instructions à Angèle pour le lendemain. Jadis, elle se substituait si bien à sa mère dans la conduite de la maison qu'elle décidait avec autorité les achats à faire dans le quartier, les menus les plus appropriés aux goûts et à l'hygiène alimentaire de Monsieur et qu'elle vérifiait scrupuleusement les livres de comptes. Et voici que cette belle ardeur filiale s'étiolait, voici que Sandy oubliait son rôle de tendre doublure d'Isabelle pour se perdre dans des aventures extérieures au foyer. Privée de directives, Angèle se décarcassait pour tenir le ménage. L'existence, si régulière autrefois, souffrait de ce manque et de ces improvisations. Manifestement, Sandy, toujours pressée et évaporée, avait la tête ailleurs. Mais où ? Au vrai, si elle était avare de renseignements sur sa vie intime, les journaux, eux, s'en faisaient allègrement les colporteurs. Trois mois après leur rencontre à Deauville, Sandy et J.V.D. avaient été sacrés « couple idéal » par la presse du cœur. Cette femme si séduisante, aux approches de la cinquantaine, et cet intellectuel farouche, plus jeune qu'elle de six ans, mais qui la désirait tout en jonglant avec les théories philosophiques, étaient, pour le grand public, la preuve éclatante du triomphe de l'amour sur le qu'en-dira-t-on. Ce qui plaisait surtout, c'était l'aspect viril et barbu de l'amant et la fraîcheur inaltérable de la maîtresse. Grâce à eux, la France entière vivait l'aventure captivante que chaque femme sur le retour eût souhaité connaître avec un compagnon à l'ardeur inextinguible. En feuilletant les magazines illustrés dans leur chambre à coucher, dans le salon d'attente de leur dentiste ou sous le casque de leur coiffeur, les lectrices les plus sceptiques étaient obligées de convenir que certaines existences étaient aussi pimentées que des romans et qu'il y avait, selon la réflexion d'une manucure, rapportée par un canard satirique, des copines « qui avaient bien de la chance sans avoir rien fait pour le mériter ». Pensez donc ! Sandy et J.V.D. étaient de toutes les soirées de gala, de toutes les premières, de toutes les inaugurations, de toutes les collections de haute couture, de toutes les fêtes du snobisme, de la bouffe, de l'élégance et du sport. Vedettes irremplaçables et infatigables, ils incarnaient le mirage des tristes smicards du sentiment. Ils apportaient les reflets du luxe et de l'exception à une multitude de gens qui voulaient participer aux plaisirs du grand monde sans dépenser un sou et sans sortir de chez eux. Des photographies les montraient tantôt enlacés et se dévorant du regard, tantôt posant aux côtés d'une célébrité de l'écran, de l'athlétisme, de l'aristocratie ou de la politique. On eût parié qu'ils passaient le plus clair de leur temps à courir les boîtes de nuit, les champs de courses, les coulisses des théâtres et les palais de la Ve République sous l'œil émerveillé des chasseurs d'images. Les revues se disputaient leurs sourires et les journalistes leurs confidences. Ils les interviewaient (tantôt J.V.D., tantôt Sandy), sur les sujets les plus divers. Qu'il s'agît d'amour libre, de cuisine, d'éducation sexuelle ou de révélation littéraire, l'un comme l'autre avaient leur mot à dire et le disaient, sinon avec compétence, du moins avec autorité. Armand était confondu par l'omniscience et l'omniprésence de ce faux ménage exemplaire. Sitôt qu'il découvrait, dans un journal, un reportage sur les « inséparables », il s'indignait en silence devant leur exhibitionnisme effréné. Mais, en même temps, il s'étonnait que sa fille ne trouvât pas le moyen, au cours de ses nombreux bavardages médiatiques, de parler de lui, au détour d'une phrase. Jamais ni elle ni son amant ne citaient son nom dans leur baratin. Que J.V.D. fût un traître et un ingrat, Armand l'eût admis à la rigueur, mais l'indifférence, l'éloignement de Sandy le stupéfiaient. Ce gaillard avait tourné la tête de la malheureuse avec ses airs d'« intello engagé ». Elle ne voyait le monde qu'à travers ses yeux. Ce n'était plus de l'amour, chez elle, mais une maladie mentale. Une psychose comparable à la paranoïa. Que faire pour la guérir avant qu'il ne fût trop tard ? Armand ne pouvait tout de même pas s'abaisser jusqu'à rendre visite à sa fille alors que, depuis des semaines, elle ne mettait plus les pieds rue des Saints-Pères.

Le point fort de cette sublimation du couple fut la publication, en couverture d'un magazine féminin, d'une énorme photo de Sandy et de J.V.D., lui l'œil grave et une moue ironique aux lèvres, comme il sied à un penseur professionnel, elle souriant aux anges. L'article était intitulé : « Quand l'amour et la culture se tiennent par la main ». Une niaiserie délirante, à ravir les *fans* anonymes des tourtereaux du siècle. Il devait y avoir, dans la foule des lecteurs, autant d'hommes qui souhaitaient partager l'intimité de Sandy que de femmes qui eussent donné n'importe quoi pour accéder au septième ciel dans les bras de J.V.D. Le premier réflexe d'Armand fut de jeter cette revue indésirable à la poubelle. Mais Angèle l'y repêcha après avoir fait le ménage et vint la brandir sous les yeux de Monsieur en s'exclamant :

— Vous avez vu ? Madame Sandy et

Monsieur Jean-Victor en couverture ! Ce qu'ils sont beaux ! Ce qu'ils ont l'air heureux ! Ce qu'ils vont bien ensemble !... Vous permettez que je prenne ce numéro ? Je voudrais le montrer à ma nièce !...

— Prenez, prenez ! grogna Armand.

Angèle battit des paupières, voulut parler encore de Madame Sandy et de Monsieur Jean-Victor, mais Armand la pria sèchement de le laisser seul dans son bureau : il était, soi-disant, « en plein boulot ». Excuse peu plausible, car, depuis quelque temps, il s'abstenait de tout travail et Angèle avait dû s'en apercevoir. Alors que, naguère encore, écrire lui était aussi indispensable que respirer, aujourd'hui, ses doigts s'engourdissaient dans l'inaction, son cerveau renâclait à réfléchir. De même que, dans certaines maladies, le patient perd l'odorat et le goût, de même il avait perdu le besoin de raconter des histoires et jusqu'à l'innocent plaisir de noircir du papier. La tête creuse, les membres las, il se mouvait, tel un automate, dans un univers décoloré. Son entourage familier avait changé de figure. De sa fille à son éditeur, de ses voisins de palier à ses confrères de l'Académie française, de la femme de chambre aux attachées de presse, chacun lui signifiait, en silence, que sa place n'était plus parmi eux. Etait-ce là le signe de l'ultime démission ? Devait-il se résigner à quitter son époque avant de quitter la terre ? Voici qu'il apprenait, sur le tard, qu'en littérature il est plus facile à un jeune de percer qu'à un vieux de durer. Sandy, en l'abandonnant, avait étouffé l'écrivain qu'il avait cru être. Il ne restait que le père. Mais il n'était pas né pour être père ! Sans sa plume, il n'existait plus : il pouvait, *il devait* disparaître. Pour laisser la place à qui ? A un Désormieux ! Ah ! non, alors !... Tout, mais pas ça !

Le lendemain de cet accès de désespoir, Angèle lui rapporta le magazine consacré aux deux amants fétiches. Une Héloïse et un Abélard nouvelle manière. La fille d'un vénérable académicien français éprise d'un jeune écrivain à gros tirage. L'avenir et le passé de la littérature éclairés par la grâce d'une femme ultra-moderne. Un trio de *top models* propre à enchanter les masses.

— J'en ai acheté un pour moi et un pour ma nièce, précisa Angèle. Celui-ci, je vous le rends. C'est un tel souvenir !

La mesure était à son comble. Le soir

même, Armand téléphona à sa fille. Il comptait lui reprocher le battage qu'elle tolérait autour de sa vie privée. Mais il n'en eut pas le temps. Avant même qu'il eût pu placer un mot, elle s'exclamait, jubilante et volubile :

— Tu m'appelles pour la photo de la couverture ? Je n'arrête pas de recevoir des coups de téléphone et des lettres à ce sujet ! Les gens sont « hyper-contents » ! Ça fait un ramdam extraordinaire ! Plus même qu'aucun bouquin de J.V.D. Il en est ravi ! Je vais d'ailleurs passer à la radio avec lui, demain. Je t'indiquerai la station et l'heure. Comment vas-tu ? Je t'ai un peu négligé, ces derniers temps : il faut me pardonner, papa, je suis débordée, dévorée ! J.V.D. et moi n'avons plus une soirée libre ! On nous réclame partout ! Bertrand Lebroucq dit que c'est excellent pour le prochain roman de J.V.D...

Elle bégayait de bonheur. Même sa façon de s'exprimer avait changé. Comme si elle eût été en voyage ou qu'elle parlât à son père dans une langue qui n'était plus la leur. Pourtant, Armand l'avait connue intelligente, spirituelle, sarcastique à ses heures. Se pouvait-il que l'amour abêtît à ce point une femme ?

Après s'être juré de lui faire la morale, il

comprenait l'inutilité de toute tentative de modération. Ce n'est pas avec des mots qu'on brise l'élan d'une pouliche emballée. Quand il entrevit la possibilité d'aborder un autre sujet, il dit simplement :

— Au fait, Sandy, que devient ce boulot de rédacteur en chef que J.V.D. avait en tête ?... A Toulouse, je crois...

— Oh ! c'est une vieille histoire ! Il n'y pense même plus !

— Et où en est le projet de biographie ?

Elle eut une seconde d'hésitation :

— Quel projet de biographie, papa ?

— Tu sais bien... Le bouquin que Jean-Victor Désormieux voulait me consacrer !...

C'est avec intention que, cette fois, Armand avait désigné Désormieux par son nom complet et non par ses trois initiales. Désarçonnée par la question, Sandy parut se concentrer, interroger sa mémoire, puis, soudain, elle s'ébroua joyeusement à l'autre bout du fil :

— Oui, oui. Mais, avec tout ce que J.V.D. a à faire en ce moment, il ne peut pas s'en occuper... Il a écrit quelques pages, et il a dû s'arrêter... Il est maintenant sur un scénario de film... Un truc énorme, dont il a eu l'idée cet été... Je pense qu'il va le mettre en scène lui-même... Il ne l'a jamais fait encore... Mais, tu le connais ! Tout ce qu'il touche lui réussit !... Il a déjà un producteur. Il cherche des noms pour l'affiche. On parle de Depardieu, d'Adjani... Il est d'ailleurs possible que je fasse partie de la distribution... Bien sûr, je n'ai jamais joué la comédie, mais j'apprendrai !... J'aimerais tellement !... D'après J.V.D., je suis tout à fait le personnage. Il compte sur ma spontanéité. Si ça se fait, quel branle-bas dans la presse !... Dans ces conditions, tu penses bien que *Scorpion ascendant Scorpion* a été mis provisoirement au rancart... Oh ! rassure-toi, J.V.D. ne l'a pas oublié. Il n'oublie jamais rien !... Simplement, il a glissé ses notes dans un tiroir en attendant... Tu dois comprendre ça, toi, à qui il est souvent arrivé de passer d'un manuscrit à l'autre...

— Oui, oui, je comprends, concéda Armand.

Il n'avait plus de famille. Il parlait à une étrangère. Ses efforts pour la convaincre étaient du temps gaspillé. Pourtant, au moment de couper la communication sur une phrase cinglante, il se ressaisit. Tout n'était peut-être pas perdu. Il devait mettre de l'eau dans son vin, feindre d'approuver les errements de sa fille afin de reprendre, peu à peu, sur elle l'influence dont un aventurier l'avait dépossédé. C'était un combat d'un nouveau genre qui s'offrait à lui, tout en attaques feutrées et en subtiles esquives : le duel d'un père contre un amant. Pour inaugurer cette stratégie, il proposa à Sandy de venir dîner un soir prochain, à la maison, avec Jean-Victor Désormieux. Elle fut surprise, émue, et s'écria :

— Bien sûr, papa !... Quand veux-tu ?

— C'est à toi de décider, dit-il. Vous êtes tellement pris l'un et l'autre !...

— Tu as raison. Comme dit J.V.D. : « On se nous arrache ! » Attends une seconde : je vais lui demander !

Il l'entendit parler à la cantonade. Malheureusement, il ne put distinguer un traître mot du débat. Quand Sandy reprit l'appareil, Armand était excédé, les mains moites, la bouche pleine d'insultes silencieuses. Mais elle paraissait si contente du résultat qu'il en oublia provisoirement ses griefs.

— Oui ! dit-elle. On est tout de même arrivés à trouver une soirée libre pour un petit dîner chez toi. Ça t'irait, vendredi prochain, à neuf heures ?

— Parfait ! s'écria-t-il, avec un soulagement qu'il jugea aussitôt excessif.

Dès qu'il eut raccroché, ses mauvaises pensées le ressaisirent. Il se traita d'incorrigible naïf, dont le destin maintenant était de se laisser rouler dans la farine, que ce fût par l'amant de sa fille, par sa fille elle-même ou par son éditeur. Un moment, il songea que, peut-être, il eût mieux toléré la conduite de Sandy si elle avait épousé J.V.D. au lieu d'afficher sa liaison avec lui, face à tous les photographes et à tous les journalistes de France. Elle se faisait orgueil d'une indécence qui le choquait. Elle utilisait sa passion comme un slogan publicitaire pour la promotion des livres de son amant. Ce qu'une femme mariée peut, à la rigueur, se permettre, une concubine ne saurait y prétendre sans offusquer les gens de bien. A peine formulée, cette condamnation parut à Armand la marque d'une morale anachronique. S'il voulait être encore de son temps, il fallait impérativement qu'il assouplît son attitude. Aujourd'hui, se disait-il, seuls les morts ont encore le droit d'être rigides.

Durant les quarante-huit heures qui suivirent, il eut des conciliabules avec Angèle pour arrêter le menu de ce dîner du vendredi. Il le voulait à la fois simple, original et copieux. Malgré les protestations de la femme de chambre, il en changea à trois reprises. En fin de compte, il opta pour un canard aux olives, accompagné d'un gratin dauphinois... Le dessert serait un gâteau au chocolat, confectionné selon une ancienne recette d'Isabelle. C'était un peu lourd dans l'ensemble, mais Armand avait remarqué que J.V.D. avait un solide appétit.

Au jour dit, Angèle consacra tout son temps au ménage et à la cuisine. Armand déambulait entre son bureau et le fourneau, alors qu'il n'avait rien à faire ni dans un coin ni dans l'autre. Dès huit heures et demie du soir, il se mit à guetter les bruits de l'escalier, le claquement des portes de l'ascenseur. A neuf heures tapantes, le couple n'étant pas encore arrivé, il commença à s'inquiéter pour de bon. Neuf heures dix, neuf heures et quart, toujours personne. Armand jeta un regard dans la rue par la fenêtre du living. Rien d'anormal. La ville, insouciante, grouillait de passants, écoulait son flot de voitures, pare-chocs contre pare-chocs, alors que lui, enfermé dans sa tanière, imaginait les pires catastrophes. A la demie, il ne se maîtrisa plus et téléphona à Sandy. La sonnerie résonna dans le vide. Puis Armand eut droit à l'annonce enregistrée du répondeur : « Vous êtes bien chez Sandy Boisier et Jean-Victor Désormieux. Nous sommes absents. Laissez-nous votre message en parlant après le bip sonore. A bientôt. »

Armand, désemparé, raccrocha. Il eût préféré le silence à la voix désincarnée de sa fille débitant une formule passe-partout. Le couple était sorti. Sans doute pour se rendre chez lui. Un petit retard. C'était sans importance. Mais non : à dix heures, ils n'étaient toujours pas là. Avaient-ils oublié son invitation ? Ils en recevaient tellement qu'une erreur de leur part n'était pas impossible ! Oui, mais, en l'occurrence, ce n'était pas une quelconque relation mondaine qui les attendait à dîner : c'était le père de Sandy ! Si elle ne s'en était pas souvenue (elle accusait volontiers son cerveau d'être « une passoire »), J.V.D., lui, avait de la mémoire pour deux. D'ailleurs, à tout bout de champ, il consultait son agenda. Aussi bien elle que lui étaient inexcusables. On n'avait pas le droit, se répétait Armand, de traiter ainsi un homme de son âge, de sa notoriété. A dix heures et demie, Angèle lui demanda timidement ce qu'il fallait faire :

— Vous savez, Monsieur, ça a pu leur sortir de la tête !... Avec tout ce qu'ils ont à penser !... En tout cas, à la cuisine, c'est prêt... J'ai mis le canard à réchauffer au micro-ondes... Je vais vous servir...

Armand redressa la taille et dit, en s'efforçant de paraître calme :

— Non, non, Angèle. Laissez...

— Vous ne voulez vraiment pas ? J'en ai pour une minute..., et ça sent rudement bon, ce que je vous ai préparé !

— J'en suis persuadé, mais je n'ai pas faim ! Il est tard. Partez !

— Juste un petit morceau de canard !...

— Je vous dis que non ! Merci !... Rentrez chez vous !... Au revoir, Angèle.

La femme de chambre se retira, aussi navrée que s'il l'eût privée d'une fête. Resté seul, Armand téléphona une fois de plus à Sandy. Toujours le répondeur ! Elle n'était pas rentrée. Chez qui passait-elle cette soirée dont il se faisait une joie ? Il le saurait peut-être un jour en lisant les revues illustrées. Et si elle avait eu un empêchement, un accident ?... Mais la rue Visconti était tout près de la rue des Saints-Pères. Ils avaient fort probablement décidé de venir à pied. Et alors ?... Les piétons n'étaient pas à l'abri des maladresses d'un chauffard, de l'agression d'un voyou, voire des effets d'un simple malaise... Armand domina son angoisse, téléphona encore, mais en vain, à sa fille, but un grand verre d'eau et se coucha sans manger.

A trois heures du matin, il se réveilla, voulut rallumer sa lampe de chevet et retomba sur ses oreillers, le cœur défaillant et la tête vide comme cela lui arrivait parfois. Tout à coup, il souhaita mourir cette nuit, pour punir sa fille de lui avoir posé un affreux lapin. Or, déjà, il se sentait mieux. Il se rendormit avec le regret de n'être pas assez malade pour mériter son attention.

VIII

Le lendemain, il dut prendre sur lui-même pour attendre neuf heures du matin avant d'appeler Sandy. Du reste, l'explication qu'il comptait avoir avec elle était trop importante pour qu'il envisageât de régler la question par téléphone. Il voulait qu'elle passât le voir immédiatement, afin qu'il eût tout loisir de lui parler, les yeux dans les yeux, du rendez-vous manqué de la veille. Par chance, il la trouva au bout du fil à la première sonnerie. La voix de Sandy était suave et unie comme d'habitude. Mais elle lui annonça qu'il lui serait impossible de se rendre dès maintenant rue des Saints-Pères, car elle attendait, d'une minute à l'autre, un coup de téléphone d'un intérêt capital pour J.V.D. et que celui-ci était actuellement en pleine discussion d'affaires aux Editions du Pertuis. Elle demandait à son père s'il ne pouvait pas la rappeler cet après-midi pour choisir une heure qui leur conviendrait à tous deux ? C'était trop exiger d'Armand, qui s'énervait et piaffait.

— Non ! dit-il. Si tu ne peux pas venir maintenant, c'est moi qui me dérangerai. Ne bouge pas : j'arrive !

Et il quitta l'appartement en trombe, laissant derrière lui une Angèle qui gémissait :

— Monsieur, Monsieur !... Votre écharpe !... Votre canne !...

Sa marche jusqu'à la rue Visconti fut si rapide qu'en s'arrêtant devant la porte de Sandy il était en transpiration et hors d'haleine. Il trouva sa fille paisiblement occupée à ranger des livres dans le bureau de J.V.D. D'emblée, il déclencha l'attaque :

— Je vous ai attendus, hier soir !

Elle ouvrit des yeux d'une limpidité enfantine et s'écria :

— Mais papa, c'est vendredi prochain que nous avions rendez-vous !

Armand se fâcha tout rouge :

— Je sais ce que je dis : j'avais noté la date, l'heure...

— J.V.D. aussi les avait notées !

— Il s'est trompé !

— A moins que ce ne soit toi ! dit-elle avec un entêtement coquin.

Et elle essaya de plaisanter :

— De toute façon, nous aurions l'avantage devant un jury : nous sommes deux contre un !

— Je ne le sais que trop ! proféra-t-il entre ses dents.

Elle redevint sérieuse :

— Qu'est-ce que tu insinues, papa ?

— Rien, rien ! grommela-t-il. Où étiez-vous pendant que je vous attendais à la maison comme un imbécile ?

— Nous dînions chez Bertrand Lebroucq, répondit-elle sans se troubler. Je ne connaissais pas sa femme. Elle est charmante. Nous avons beaucoup parlé de toi...

— C'est très aimable de votre part, laissa-t-il tomber avec acrimonie. J'imagine qu'il a été aussi question du prochain roman de J.V.D. ?

— Evidemment !

— Et de son film ?

— Bertrand Lebroucq lui déconseille de se lancer dans le cinéma.

— Et toi ? Tu l'y encourages toujours autant ?

— Oh ! moi, je suis très prudente. Je ne me décide qu'à coup sûr. D'habitude, je me laisse flotter au gré des événements...

— Même quand ces événements te poussent à oublier ton père ?

Il avait lancé cette apostrophe comme on lance un caillou avec une fronde.

— Tu trouves vraiment que je t'oublie ? demanda Sandy, cabrée d'indignation.

La violence de ses sentiments altérait sa figure. Tout à coup, elle avouait son âge. Mais ce vieillissement subit, loin d'apitoyer Armand, augmentait sa rancune. Il estima que l'instant était venu de déballer toute l'aigreur qui s'était accumulée en lui au cours de ces derniers mois de désœuvrement involontaire, d'espoirs déçus et de jalousie recuite.

— Tu ne m'oublies pas, Sandy, tu m'ignores ! dit-il dans un ricanement.

Elle bondit sous le reproche :

— Tout ça parce que, en ce moment, je m'occupe un peu plus de J.V.D. que de toi ?... Quand donc comprendras-tu, papa, que je l'aime ? Je l'aime physiquement, bien sûr, mais aussi pour sa droiture, pour son enthousiasme, pour son talent !... Je suis passionnée par son travail et fière de son succès !

Mon existence me semble moins vide depuis que je suis associée à ses projets, à ses angoisses, à ses joies, depuis que j'essaie de l'aider de mes modestes moyens dans sa carrière... Ça ne m'empêche pas de t'aimer, de t'admirer comme avant, mais voilà... maintenant, vous êtes deux dans mon cœur... Je vais de l'un à l'autre... je... je...

Elle cherchait la formule exacte et finit par dire en riant :

— Je me divise ! Est-ce un crime ?

Chaque phrase le blessait comme la gifle d'une femme aimée. Et l'affront était d'autant plus cuisant que cette femme était sa fille. Il ne pouvait encaisser les coups sans réagir :

— Non, non ! balbutia-t-il, ce n'est pas un crime ! Je m'y ferai, à la longue, je te le promets !... Sous des airs délicats, j'ai l'estomac solide, j'avale tout, je digère tout... Dans quelques jours, il n'y paraîtra plus : tu pourras oublier de me téléphoner, de me rendre visite, de lire mes livres, je ne trouverai rien à y redire !

Il avait conscience de passer la mesure, mais la vue du visage de Sandy, qui se décomposait peu à peu dans la colère, l'excitait à poursuivre la correction.

— Au fait, lui dit-il encore, puisque tu es devenue l'imprésario, sinon le factotum de J.V.D., je te charge de lui annoncer que je lui retire l'autorisation d'écrire ma biographie. Il serait capable de se tromper dans la relation des faits comme il s'est trompé en notant la date et l'heure du dîner auquel je vous avais invités. Mais, j'y songe, je vais vous faire apporter par Angèle le canard aux olives et le gâteau au chocolat qu'elle avait préparés à votre intention. Je n'y ai pas touché. Vous les mangerez en pensant à moi !

Sandy hocha la tête avec plus de pitié que de rancune.

— Comme tu me détestes, papa ! soupira-t-elle.

— Moi ? s'écria-t-il en bouffonnant. Pas du tout, ma chérie ! Je ne t'ai même jamais autant aimée ! Toi et ton compagnon, vous êtes ma seule famille ! Je n'ai pas d'autres enfants que vous !

— Arrête cette comédie, papa ! dit-elle rudement. Qui espères-tu impressionner en jouant les martyrs ? Si c'est moi, tu perds ton temps ! Je te connais trop bien pour m'émouvoir de tes jérémiades !

Suffoqué par la violence de cette interpellation émanant d'une fille qui n'avait jamais osé élever la voix devant lui, Armand demeura un instant le souffle court, la cervelle vide. Puis, recouvrant ses esprits, il proféra avec une détermination glaciale :

— Où veux-tu en venir, Sandy ? Parce que tu te sens crottée, tu cherches à rejeter la faute sur moi ? C'est un procédé vieux comme le monde ! Le premier réflexe d'un coupable n'est pas de se justifier, mais de noircir l'accusateur ! Seulement, je n'ai rien à me reprocher, moi ! Je n'ai pas changé à ton égard, moi ! Je n'ai pas galvaudé mon nom dans des interviews ridicules, moi ! Je n'ai pas, moi, tout plaqué, souvenirs, tendresse, tradition de famille, pour me pendre au cou d'un illusionniste !

— Libre à toi de considérer que J.V.D. est un illusionniste, rétorqua-t-elle. Je persiste à croire qu'il est l'un des plus grands écrivains de sa génération. Et je ne suis pas la seule ! Au fond, ce que tu ne me pardonnes pas, c'est de m'être permis, à quarante-huit ans, d'admirer quelqu'un d'autre que toi ! Je t'ai si longtemps servi de conseillère, de confidente, d'adoratrice à domicile, que tu n'as pas supporté le partage ! Quand on est une vestale, on n'a pas le droit de sortir du temple. Le sacrilège commence, pour ce genre de prêtresses, par la découverte d'un autre demidieu. Tu n'avais que des confrères ; à cause de moi, tu t'es aperçu que tu avais un concurrent !

Les prunelles de Sandy dardaient, droit devant elle, un regard vindicatif qui n'était plus le sien. Elle n'était pas seulement hors d'elle ; elle était une autre. L'alliée qu'Armand avait toujours connue se transformait, sous ses yeux, en une ennemie implacable. Fasciné par cette métamorphose, il en négligeait de la contredire. Il était même curieux de savoir jusqu'où elle irait dans sa haineuse litanie. Comme pour encourager la mauvaise foi de sa fille, il lui dit, sur un ton de provocation sarcastique :

— Bon ! Alors, vas-y, vide ton sac ! Tu trouves que je ne suis pas assez gentil, assez conciliant avec ton J.V.D. ?

— Ce n'est pas lui qui est en cause !

— Et qui donc alors ? Cette scène entre nous n'aurait jamais eu lieu si tu ne t'étais pas entichée de lui !

Elle fit front avec hargne :

— C'est ce qui te trompe ! Il y a longtemps

que je t'observe, papa. Tu ne vis que pour ta plume ! Rien d'autre au monde ne t'intéresse que ta carrière, le manuscrit en cours, l'opinion de la presse sur ton dernier bouquin... Tu ne t'es jamais préoccupé de nos sentiments, à maman et à moi, à ton égard. Nous n'étions là que pour te donner la réplique, pour faire marcher la maison, pour recevoir tes amis, pour soigner tes bobos !...

— Est-il possible que ce soit là tout ce que tu as retenu de notre passé ? dit-il avec accablement.

— J'exagère ?

Il battit en retraite :

— Non, non... On se connaît mal soi-même... J'ai toujours cru pourtant que je vous rendais heureuses, ta mère et toi !

— Mais tu nous as rendues heureuses, papa ! Seulement, tu n'as pas su l'être avec nous, au même rythme que nous... Admets que tu as été un monstre de travail. Tu as tellement écrit que tu en as oublié de vivre. Et maintenant, tu voudrais m'empêcher de vivre, moi aussi ! C'est injuste !

Passé le premier moment de révolte, Armand reconnaissait le bien-fondé des griefs que Sandy énumérait devant lui. Comment nier qu'au cours de son existence il avait tout sacrifié au plaisir égoïste du conteur d'histoires ? Comment oublier que, même quand il fondait de tendresse devant sa fille, devant son épouse, ou quand il goûtait un bon fruit, ou quand il admirait un beau paysage, il ne perdait jamais de vue la page blanche qui l'attendait sur sa table ? Sandy avait cent fois raison. La prétendue réussite d'Armand Boisier n'avait été qu'un affreux gâchis. Que de temps gaspillé à poursuivre l'idée originale, le mot juste, alors que le soleil brillait, que le vin était doux et que les femmes sentaient bon ! Il avait omis de savourer l'heure qui passait pour se consacrer à une œuvre qui passerait bientôt, elle aussi. Il avait troqué la riche joie de vivre contre la stérile vanité d'écrire. Au paroxysme de cette fureur masochiste, il en venait à se dire que la situation d'un écrivain sur le retour était la plus inconfortable des formes de la sénilité. Toujours cette hantise d'avoir été surévalué par ses contemporains, de les avoir involontairement floués, d'avoir une dette d'honneur envers eux et d'être incapable de s'en acquitter. Comment pouvait-il respirer, penser, se mouvoir avec cette démangeaison permanente au fond de la conscience ? C'était le prurit des vieux gratteurs de papier. Il fallait l'accepter comme une maladie professionnelle, inévitable et incurable. Pour se défendre contre l'inculpation de narcissisme littéraire, il hasarda :

— J.V.D. est pris, comme moi, par son travail ; comme moi, il voit tout à travers les lunettes de l'écrivain !

— Ce ne sont pas les mêmes lunettes, observa Sandy. Lui, il fait deux parts dans ses journées. D'un côté, les plaisirs de la vie, de l'autre, ceux de l'écriture. Chez toi, tout est mélangé. Rappelle-toi, maman disait déjà : « C'est quand il paraît le plus proche de nous qu'il en est le plus éloigné. Tu crois qu'il nous parle, et c'est avec des personnages imaginaires qu'il discute dans sa tête. »

Ce souvenir d'une phrase cent fois entendue dans la bouche d'Isabelle le désarma, comme si Sandy lui eût fourré sous le nez une pièce à conviction. Démasqué, il ne savait plus quelle contenance prendre. Son seul désir, à présent, était de fuir, de se terrer dans sa tanière, de ne plus penser à rien, de ne plus voir personne, d'oublier jusqu'à l'existence de Sandy Il leva sur elle le regard d'un homme qui se noie et bredouilla :

— Bon... On s'est tout dit... Il faut que je parte !

Au même moment, la porte d'entrée claqua et J.V.D. franchit le seuil avec la radieuse assurance d'un importun arrivant sur les lieux d'une catastrophe. Il revenait d'une discussion « constructive » avec les gens du service financier des Editions du Pertuis. Sans doute avait-il obtenu ce qu'il voulait, car il souriait largement dans sa barbe. A sa vue, Sandy avait rajeuni par miracle. La querelle de tout à l'heure était déjà effacée de sa mémoire. Ce qui comptait pour elle, ce n'était pas cet échange de propos aigres-doux entre père et fille, mais l'humeur combative de son amant. Apercevant Armand Boisier, Désormieux s'étonna :

— Bonjour ! Quelle bonne surprise !

— Papa est passé à l'improviste..., à cause d'un stupide malentendu, marmonna Sandy. Oui, ce dîner, chez lui, l'autre soir... Je t'expliquerai...

Et, sans rien expliquer, elle se jeta au cou de J.V.D., lui tendit les lèvres. Croyait-elle poser pour les photographes d'un magazine féminin ? Le baiser se prolongeait et Armand s'exaspérait dans une situation de voyeur involontaire. En se détachant de J.V.D., Sandy lui demanda :

— Tu n'es pas trop fatigué ?

— Au contraire : je pète le feu !

— Ils n'ont pas fait trop de difficultés ?

— Aucune. Vu le succès des *Outrages*, j'ai décroché un meilleur à-valoir pour le prochain !

— Chic, alors ! s'écria Sandy d'une voix de fillette.

Elle battit même des mains, ce qui était ridicule à son âge. La minute précédente, en les observant, collés l'un contre l'autre, Armand avait imaginé, avec une envie mêlée de répugnance, des enlacements plus intimes, des frottements peau contre peau, des ahanements nocturnes ; et, après avoir joui, on discute, sur l'oreiller, de littérature et de gros sous. Pouvait-il le leur reprocher ? N'avait-il pas connu cela, autrefois, avec Isabelle ? Ce souvenir aggrava son malaise. Il se sentait de trop devant ce couple amoureux. Par politesse, il demanda à J.V.D. :

— Où en est votre travail ?

— Lequel ? dit l'autre en riant. J'en ai plusieurs en train : un roman, un scénario de film...

Il ne parlait pas de l'infortuné *Scorpion ascendant Scorpion.* Tant mieux ! pensa Armand : quand on arrive au terme du voyage, il faut savoir céder la place à ceux qui piétinent dans la salle d'attente, leur titre de transport à la main.

— Et vous-même ? interrogea J.V.D. avec un intérêt factice.

Armand résolut d'être franc avec ce rival ivre de sa chance.

— Rien de précis, dit-il... Je réfléchis, je tue le temps, je bricole...

J.V.D. avait de l'entrain à revendre. Etant content de lui, il voulait l'être de tout le monde.

— Je connais ça ! lança-t-il. C'est plutôt bon signe ! Au moment où vous vous y attendrez le moins, une phrase, un mot déclencheront le mouvement. Et, une fois lancée, la machine ne s'arrêtera plus !

On eût dit que c'était lui l'auteur expérimenté, et Armand le novice. Mais l'intention était sans perfidie. Sandy offrit à son père de rester déjeuner. Il refusa précipitamment, comme on recule devant un piège.

— Une autre fois, alors ? proposa J.V.D.

— Oui, oui : nous en reparlerons avec

Sandy, balbutia Armand en tournant les talons.

Sandy l'accompagna dans le vestibule. Au moment de sortir, il embrassa maladroitement sa fille et dit encore :

— Tu m'excuseras pour tout à l'heure. Sans doute suis-je devenu trop susceptible ?... L'âge, la solitude... Un rien me blesse... Et je cicatrise mal... Tu verras, quand, pour toi aussi, viendra l'heure du bilan... Ce n'est jamais très rigolo... Au revoir, ma chérie !

Après son départ, Sandy resta un long moment debout, les bras ballants, le regard perdu, dans l'antichambre à demi obscure. Sa colère retombée, elle regrettait d'avoir trop durement rabroué son père. Maintenant qu'il était loin, elle comprenait qu'il craignît chaque jour davantage la perte d'un restant d'invention créatrice. Elle admettait même qu'il fût secrètement jaloux de la réussite phénoménale de J.V.D. Mais, dans le même temps, elle ne voulait pas, pour lui complaire, sacrifier son bonheur de femme à ses devoirs de fille. Aux abords de la cinquantaine, elle mesurait la chance insolente qui était la sienne depuis qu'elle avait pris comme amant un homme plus jeune qu'elle et dont les gens de goût célébraient le talent. Cet atout dans son jeu, elle était résolue à le défendre bec et ongles contre toutes les convoitises. Avec une rage amoureuse, elle se persuadait que, malgré le respect et la tendresse dont elle avait toujours entouré son père, une pulsion aussi forte que l'instinct de conservation lui commandait de vivre pour elle-même avant de vivre pour lui. Si une mère était criminelle quand elle abandonnait son enfant, une fille ne faisait qu'obéir aux lois de la nature quand elle se détachait de ses parents pour sauvegarder son identité et construire son avenir. Afin que tout rentrât dans l'ordre, il fallait qu'Armand Boisier, après une période glorieuse, consentît à une fin de carrière en demi-teinte et que Jean-Victor Désormieux poursuivît sa course aux honneurs avec, à ses côtés, une maîtresse compréhensive et dévouée. Elle avait été à bonne école avec son père. Elle ne ferait qu'enchaîner d'un écrivain sur l'autre, du passé sur le présent, tout en restant fidèle à elle-même. Et chacun trouverait son compte dans cet arrangement.

Délivrée de ses scrupules, Sandy retourna dans le bureau où J.V.D. tapait allègrement sur son ordinateur. A son entrée, il s'arrêta d'effleurer les touches d'un doigt expert, leva les yeux sur elle et dit :

— Au fait, tout à l'heure, comme ton père ne semblait pas dans son assiette, je n'ai pas voulu vous encombrer avec mes petites histoires personnelles. Alors, voilà : je ne pourrai pas dîner à la maison, ce soir. J'ai rendez-vous avec des gens du *Figaro Magazine*, pour une interview à sensation qu'ils souhaiteraient publier dans une quinzaine de jours...

Surprise par cette invitation dont elle paraissait exclue, Sandy demanda négligemment :

— Tu y vas seul ?

— Oui, dit-il. C'est un entretien très littéraire, tu comprends ? Ce sera même un peu casse-pieds, j'imagine...

C'était la première fois qu'il sortait sans elle le soir, depuis le début de leur liaison. Dépitée, elle prit le parti de plaisanter :

— Tant mieux, tant mieux ! Je serai ravie de dîner seule et de me coucher tôt !

— Pourquoi ne vas-tu pas dîner chez ton père ?

— Ah ! non, s'écria-t-elle. Je l'ai déjà trop vu aujourd'hui !

J.V.D. délaissa l'ordinateur, prit Sandy

dans ses bras, couvrit son front et ses joues de petits baisers goulus et chuchota contre son oreille :

— Tu ne m'en veux pas ?

— De quoi ?

— De t'abandonner pour dîner avec ces journalistes...

— Tu ne m'abandonnes pas, tu me délivres ! dit-elle.

Pendant qu'il l'embrassait, elle eut l'impression fugitive qu'une fêlure s'était produite, à l'insu de tous deux, dans leur bonheur. A quoi devait-elle attribuer ce brusque désenchantement ? Au souvenir de son absurde querelle avec son père ou à l'idée que J.V.D., d'habitude si empressé, la quitterait ce soir pour dîner avec des inconnus ? Il se rassit devant son ordinateur et elle déchiffra, par-dessus son épaule, le texte qu'il tapait avec deux doigts. Les premières lignes en étaient insipides. Soudain, sans qu'elle l'eût voulu, une question banale lui vint aux lèvres :

— Comment s'appellent-ils, ces journalistes du *Figaro Magazine* ?

— Elles sont deux, répondit J.V.D. sans se démonter : Evelyne Couturier et Joëlle Mérignac. Tu les as peut-être vues à une réception du *Figaro*, le mois dernier... Elles travaillent souvent ensemble... L'une prend les photos, l'autre rédige le commentaire...

— Des femmes ? dit Sandy, confuse de son agacement.

— Eh bien, oui ! Ça te gêne ?

— Pas du tout !

Sandy était sûre de n'avoir jamais rencontré ces deux journalistes. Toutefois, elle s'épargna le ridicule de demander à J.V.D. si elles étaient jeunes ou si elles avaient du talent. Le laissant devant son clavier diabolique, dont elle avait toujours refusé de se servir sous prétexte qu'Armand Boisier avait jadis condamné, dans une interview, l'usage de cette « machine infernale appelée à tuer la littérature », elle alluma une cigarette et retourna dans l'antichambre. Elle s'y heurta au souvenir de son père. Même dans le vide et le silence, il continuait à l'observer. Elle se reprocha un peu d'avoir précipité son départ en le critiquant. Tout à coup, elle eût aimé qu'il revînt sur ses pas, qu'il sonnât à sa porte, qu'il l'interrogeât encore. Mais elle n'avait rien de nouveau à lui dire. Il eût été trop content d'apprendre qu'elle était sottement jalouse de toutes les femmes qui approchaient J.V.D. !

IX

Depuis son grave affrontement avec Sandy, Armand s'interdisait de lui téléphoner pour un rabibochage honorable et attendait en vain qu'elle l'appelât. Chacun restait sur ses positions, par orgueil et par ressentiment. Pour s'habituer à cette paix instable, Armand cherchait à s'étourdir dans le travail. Il s'était remis, sans grande conviction, à un roman dont il avait eu l'idée quelques années auparavant et dont sa fille avait alors critiqué le sujet, le jugeant affreusement démodé. « On dirait du Paul Bourget revu par Victor Margueritte », disait-elle avec dédain. Il était sûr qu'elle n'avait lu ni Paul Bourget ni Victor Margueritte et que, traitée par lui, l'histoire de ce prêtre au pouvoir magnétique, envoûtant toute une famille et intriguant pour empêcher sa nièce d'épouser un jeune avocat talentueux mais athée, était de nature à passionner les lecteurs. Néanmoins, le soir, en relisant ce qu'il avait écrit dans les dernières heures, il jetait invariablement le brouillon au panier et regrettait le temps où, chaque fois qu'il avait un doute, il soumettait le passage incriminé à sa fille et se rangeait à son avis, car il la savait impartiale. En se séparant d'elle, il s'était privé du plaisir de solliciter son opinion à tout propos. Elle lui aurait ri au nez en le découvrant si empressé de la reconquérir par simple intérêt d'écrivain en mal d'interlocuteur. Croyant la punir en l'abandonnant, c'était lui seul qu'il avait puni. A plusieurs reprises, la tentation lui était venue de « passer l'éponge ». Mais, lorsque l'envie le titillait de prendre le chemin de la rue Visconti pour aller à un « Canossa paternel » devant la « papesse Sandy », il se rappelait certaines phrases meurtrières de sa fille : « Tu ne vis que pour ta plume !... Rien d'autre au monde ne t'intéresse que ta carrière ! » Pouvait-il lui pardonner après avoir entendu cela ? A ce souvenir trop précis, ses blessures d'amour-propre se rouvraient douloureusement.

Un après-midi, en rentrant, vers cinq

heures, de l'Académie française, il fut accueilli par une Angèle rayonnante qui lui annonça :

— Madame Sandy est venue pendant votre absence ! Elle voulait avoir de vos nouvelles ! Comment vous alliez, si je vous soignais bien, si vous ne manquiez de rien... Elle m'a posé des tas de questions... Elle est très inquiète, vous savez !

D'abord ému par cette démarche qui ressemblait à la manifestation d'un remords tardif, Armand se ressaisit et dit avec acrimonie :

— Si elle a choisi de venir aujourd'hui, c'est qu'elle savait que, comme tous les jeudis, je ne serais pas à la maison !

— Mais non, Monsieur ! s'exclama Angèle, abasourdie par une suspicion aussi injustifiée. Je suis sûre qu'elle n'a pas pensé à ça !...

— Vous a-t-elle dit qu'elle allait attendre mon retour de l'Académie ?

— Non... Elle était très pressée...

— Vous a-t-elle demandé quand elle pouvait revenir avec la chance de me trouver là ?

— Non plus.

— Vous voyez bien !

Mais Angèle enfonçait le clou :

— Je vous assure, Monsieur, elle est désolée... Elle vous aime beaucoup !...

— Elle m'aime beaucoup, mais elle n'éprouve plus le besoin de me voir ! Eh bien, c'est réciproque ! Restons-en là !

Après cette mise au point, Angèle n'osa plus prêcher l'indulgence à son irréductible patron. Livré à lui-même, il se rencogna chaque jour davantage dans un isolement farouche. Pour s'aérer le cerveau, il voulut, un moment, s'intéresser aux plus récents ouvrages parus en librairie. Puisqu'il n'était plus capable d'écrire, à cause, sans doute, de ses nombreux soucis, pourquoi ne se divertirait-il pas en lisant ce qu'écrivaient les autres ? Mais tous les livres qu'on lui envoyait le décevaient dès la première page. Il accusait les uns d'être entachés d'une gaucherie prétentieuse, les autres d'être trop bien ficelés. A ce réflexe de dénigrement systématique en succéda très vite un second, auquel il ne s'attendait pas. La plupart des ouvrages qui lui passaient entre les mains lui paraissaient maintenant à cent coudées au-dessus des siens. Le talent qu'il découvrait à de jeunes confrères lui faisait douter, par ricochet, de ses propres mérites. Leurs trouvailles d'intrigue ou de style l'émerveillaient et l'incitaient à détester tout ce qu'il avait « commis » jusqu'à ce jour. Il hésitait à feuilleter un de ses anciens bouquins par crainte d'y déceler des défauts irréparables. N'avait-il pas trompé le public sur la qualité de ses récits ? N'était-il pas un tricheur de gloire ? Avait-il encore le droit de conseiller qui que ce fût, d'accepter des louanges auxquelles il ne croyait pas, de siéger parmi de vrais écrivains, qui, eux, n'avaient pas volé l'hommage de leurs contemporains et, peut-être, de la postérité ? Plus généralement, comment pouvait-on être sûr de soi, ou même content de soi, quand on exerçait, à quatre-vingt-cinq ans, un métier aussi bizarre, aussi fluctuant, aussi puéril, aussi chanceux que celui de jongleur de mots et chasseur de rêves ? Dans cet accès de fureur aveugle, il pestait contre tout le monde et accessoirement contre Dieu, qui, après l'avoir longtemps favorisé, le mettait à la retraite d'office. Pour se tenir au courant du mouvement littéraire, il faisait acheter tous les journaux, toutes les revues, par Angèle. En vérité, ce qu'il y cherchait, c'était moins un entrefilet sur lui-même (il y avait belle lurette qu'il n'intéressait plus les journalistes !) que des indications sur la vie de Sandy et de J.V.D., qui étaient les chouchous de la presse parisienne. Or, depuis un mois, aucun quotidien, aucun magazine ne signalait leur présence à une soirée mondaine, à un festival extravagant ou à une manifestation de solidarité avec telle ou telle catégorie de citoyens démunis. Sans doute, excédés par le remue-ménage entretenu autour de leurs personnes, avaient-ils pris la sage résolution de vivre cachés pendant quelque temps. Tout au plus Armand apprit-il, en lisant les « Rumeurs de l'édition », que Jean-Victor Désormieux préparait un nouveau roman, intitulé *In extremis*, dont on disait qu'il aurait le pouvoir destructeur d'une bombe à retardement. Puis, plus rien, le silence, l'absence...

Un matin, alors qu'Armand se félicitait de cette discrétion, une feuille hebdomadaire, fameuse pour ses révélations empoisonnées, lui tomba sous les yeux. Un titre percutant s'étalait à la page des « On dit » : « Le ciel se couvre au-dessus du couple phare de notre littérature ». Intrigué, Armand parcourut l'article. C'était bien J.V.D. et Sandy qui étaient visés. Selon l'auteur du papier, « J.V.D., qui est connu pour avoir changé trois fois d'éditeur en cinq ans, n'est guère plus fidèle dans ses relations amoureuses. On chuchote que son prochain roman, *In extremis*, ne paraîtra pas aux Editions du Pertuis comme ce fut annoncé, et qu'il est au mieux avec une charmante comédienne, dont nous tairons le nom... avant qu'il ne soit sur toutes les lèvres ». C'était signé Pascal Beautilleul. Armand connaissait vaguement ce colporteur de potins. Le bonhomme était généralement bien informé. Etait-ce le cas en ce qui concernait les aventures de Sandy et de son amant ? Quoi qu'il en fût, il était exaspérant d'imaginer qu'à la lecture de ce *scoop* fielleux des inconnus pouvaient se moquer d'elle et de son père. Il semblait à Armand que les murs de la maison se fissuraient sous l'effet d'un séisme. Mais il fallait courber le dos, continuer à vivre comme par le passé. Et cette obligation de dignité ajoutait à l'horreur du supplice.

On était un jeudi, jour d'Académie. Armand hésitait à se rendre quai de Conti, par crainte de surprendre autour de lui des allusions, des sourires. Puis il décida de braver l'opinion. Sa résolution de défi se dilua dans le vide. Les académiciens étaient gens de bonne compagnie. Personne ne prononça devant lui le nom de J.V.D. Peut-être, d'ailleurs, n'avaient-ils pas eu l'occasion de lire les insinuations perfides de Pascal Beautilleul ? Mais ce genre de cancans se déplaçait à la vitesse d'une tornade. Si tout le monde n'était pas au courant aujourd'hui, tout le monde le serait demain.

Rentré chez lui, Armand se sentit incapable de continuer à garder le silence. Transgressant la consigne qu'il s'était imposée, il téléphona à Sandy. La ligne était occupée. Il recommença. A dix reprises. Chaque fois, le même signal : « pas libre », lui vrilla le tympan. Il en conclut que l'appareil de sa fille était en dérangement ou qu'elle l'avait décroché pour n'être pas obligée de répondre à des journalistes. Une seule solution : aller la voir ! Mais, si J.V.D. était encore là, cela risquait de provoquer un scandale. C'est alors qu'une idée éblouissante traversa l'esprit d'Armand et le remit d'aplomb. Comment n'y avait-il pas pensé plus tôt ? Angèle était au mieux avec Manuela, la femme de ménage portugaise de Sandy. Elle n'aurait qu'à rendre visite subrepticement à son amie, rue Visconti, l'entraîner dehors et l'interroger en douce sur les aventures sentimentales de sa patronne. Qui mieux que Manuela pouvait savoir où en étaient les amours de Sandy et de J.V.D. ? Et qui mieux qu'Angèle pouvait inciter Manuela à ce genre de confidences ? Excité par cette perspective, Armand se rendit à la cuisine où Angèle préparait une purée de pommes de terre pour le dîner et l'informa de la mission de haute responsabilité dont il souhaitait l'investir. Angèle commença par s'effrayer d'une machination aussi hasardeuse.

— Et si Madame Sandy l'apprenait ?... Vous vous rendez compte ? Tout ça derrière son dos ! Ça ne serait pas joli ! Elle en voudrait à Manuela ! Elle la congédierait pour... pour faute professionnelle !...

Armand apaisa ses scrupules, l'assura qu'en s'acquittant de cette tâche de renseignements elle rendrait service à tout le monde et que Sandy et lui-même sauraient l'en remercier. Ainsi réconfortée, Angèle ravala ses dernières appréhensions et, le lendemain, dès neuf heures du matin, quitta la maison pour se mettre en campagne. Armand attendit son retour avec l'impatience d'un soupirant guettant l'arrivée de l'entremetteuse qu'il a chargée de défendre ses intérêts. Quand il la vit franchir à nouveau la porte de son bureau dans son vieil imperméable fripé, aux manches trop longues, un cabas dans la main gauche, un parapluie dans la main droite, un sac pour cheftaine de scouts en bandoulière, il sut tout de suite qu'elle ne s'était pas dérangée pour rien. Une mystérieuse jubilation animait le visage fané d'Angèle.

— Alors ? demanda-t-il.

— Manuela m'a tout raconté ! C'est vrai, ce qu'écrivent les journaux : ça ne va pas du tout entre Madame Sandy et Monsieur Jean-Victor. Ils se disputent tout le temps. Monsieur Jean-Victor sort de son côté, Madame Sandy du sien. Elle reste même souvent seule à la maison. Ils ne dorment plus ensemble. Il paraît que Monsieur Jean-Victor découche une nuit sur deux !

Chaque phrase d'Angèle attisait l'indignation d'Armand et l'incitait à s'attendrir sur le chagrin de sa fille. En même temps, il se réjouissait que cette liaison absurde fût sur le point de se rompre. Lorsque Angèle eut fini son exposé, il la pria de préciser certains détails. Comment s'appelait l'actrice qui était en train de supplanter Sandy dans le cœur de

J.V.D. ? Sandy connaissait-elle personnellement sa rivale ? Ne pouvait-on parler, pour Sandy et J.V.D., d'une simple dispute, comme il y en a souvent chez les amoureux et qui se termine par une réconciliation larmoyante et passionnée entre les draps ? Eh bien, non ! D'après Angèle, qui répétait ce que lui avait affirmé Manuela, la concurrente de Sandy avait réellement mis le grappin sur J.V.D. Il s'agissait d'une comédienne de vingt-deux ans, fort délurée, qui s'appelait Aurore Bugatti. Elle interprétait actuellement une pièce de Feydeau, *Un fil à la patte*, au théâtre des Bouffes-Parisiens. Sandy ne l'avait jamais rencontrée et refusait même d'aller la voir jouer. Quant à l'avenir du couple, tout dépendait, selon Angèle, de la volonté de Monsieur Jean-Victor, qui était « un vrai don juan », et de la tolérance de Madame Sandy, qui était « une vraie sainte ». Cependant, même une vraie sainte, disait-elle, peut perdre patience !

— Vous comprenez, Monsieur, expliquait Angèle, dans les affaires de cœur, tout arrive ! On s'asticote, on s'envoie des vannes, on se quitte et, en faisant ses valises, on se cogne contre un coin du lit et on se retrouve bouche à bouche ! Peut-être que c'est un nuage qui passe sur la maison et que demain Monsieur Jean-Victor demandera Madame Sandy en mariage !

Cette supposition épouvanta Armand, mais il n'en dit rien à Angèle. Il lui demanda même de retourner aux nouvelles, les jours suivants, rue Visconti.

Chaque matin, désormais, la domestique, promue détective privé, se rendait auprès de Manuela pour compléter sa documentation. Sous prétexte de faire des courses dans le quartier, la femme de ménage de Sandy rencontrait la femme de chambre d'Armand dans un bistrot et lui livrait à voix basse les derniers échos du conflit qui déchirait ses patrons. Peu avant le déjeuner, Angèle se présentait « au rapport » et renseignait Armand sur les variations d'humeur de sa fille. Pendant qu'elle commentait les péripéties de cette liaison finissante, Angèle avait le visage passionné d'une lectrice de romans populaires. La voyant si exaltée par les aventures d'autrui, Armand s'avisa soudain qu'il ignorait tout d'elle, alors qu'elle était à son service depuis neuf ans. Certes, il savait, d'après ses propres papiers et les ragots de la concierge, qu'elle était vieille fille, qu'elle n'avait pas d'enfants, qu'elle approchait de la soixantaine et qu'elle habitait chez sa mère, quelque part dans le douzième arrondissement. Mais il n'en était pas plus avancé pour cela. Quelle tristesse, quelle monotonie, quelle inutilité dans l'existence besogneuse d'Angèle ! Une créature aussi primaire était-elle capable de comprendre ce que lui, un romancier de renom, éprouvait à l'idée que le sort de sa fille se jouait loin de ses regards et qu'il était impuissant à la soutenir contre les manigances d'un Lovelace de profession ? Quoi qu'il en fût, il appréciait la chance d'avoir à portée de la main une servante aussi dévouée ! Grâce à elle, il ne manquait pas de moyens de rétorsion, face aux turpitudes de l'adversaire. Afin de se donner bonne conscience, il se promit de la remercier à la fin du mois par une petite gratification.

Deux jours plus tard, la séance hebdomadaire de l'Académie française fut suivie de la réception annuelle offerte par Mme le Secrétaire perpétuel dans les salons de l'Institut. Armand avait d'abord résolu de manquer cette cérémonie traditionnelle parce que, dans la situation présente, il préférait ne pas se montrer en public. Mais, dans un mouvement de fierté, il surmonta ses réticences et se rendit à la réunion comme on relève un défi. La plupart de ses confrères, leurs proches, des amis, des journalistes, des anonymes se pressaient, une coupe à la main, devant le buffet. Dans cette foule hétéroclite, Armand savait distinguer d'un simple coup d'œil les écrivains authentiques, les lecteurs fidèles, les collecteurs de cancans littéraires et les éternels curieux qui venaient aux réceptions du quai de Conti comme on va à une exposition itinérante de tableaux pour contempler tel ou tel chef-d'œuvre parmi ceux que, demain, les organisateurs emballeront et remporteront dans leurs caisses. Tout en critiquant cette petite société intellectuelle, si empressée à voir des académiciens en chair et en os et à se pavaner en leur compagnie, force lui était de convenir que nulle part il ne se sentait aussi à l'aise que dans ce temple de la tradition. Sans doute était-ce parce que, ici, en cet instant même, beaucoup d'invités étaient en âge de se rappeler qu'il avait eu jadis une grande renommée. Chaque fois qu'il franchissait le seuil de cette institution vénérable, il avait l'impression de prendre un bain de jouvence. Il en arrivait à se dire que la meilleure recette pour rester jeune, c'était de ne fréquenter que des vieux. Hélène Carrère d'Encausse veillait avec une autorité bienveillante sur ce coudoiement mondain, marqué par les rires légers des femmes, le tintement des verres et la mastication silencieuse des écumeurs de cocktails. Après qu'il eut échangé quelques propos anodins au hasard de sa déambulation entre les groupes, Armand fut abordé par un personnage dont la physionomie ne lui était pas inconnue. Alors qu'il allait lui tourner le dos, le quidam l'interpella avec un sourire engageant :

— Maître, vous ne me reconnaissez pas ?... Je me présente : Pascal Beautilleul.

En entendant ce nom, Armand se mit sur ses gardes : il avait devant lui l'auteur de l'articulet malveillant sur la liaison « très médiatique » de J.V.D et de Sandy. Comme il s'enfermait dans un silence méprisant, Beautilleul l'interrogea avec déférence :

— Vous m'en voulez, Maître ?

— Même pas ! dit Armand d'un ton sec. Après tout, vous faites votre métier de fouilleur de poubelles. Chacun son gagne-pain !

Pascal Beautilleul avait les cheveux décolorés en blond, portait une petite boucle d'or à son oreille gauche, mais corrigeait cet aspect féminin en fumant un cigare gros comme le pouce et en parlant d'une voix de basse.

— Je n'ai jamais rien écrit de désobligeant au sujet de votre fille, dit-il. J'ai même été, je crois, plutôt aimable...

— Il y a des amabilités qui valent les pires avanies !

— Pouvez-vous me citer une remarque, une expression qui soit malveillante ?

— Je ne conserve pas la mémoire de ce genre d'insanités ! J'essaie même de les oublier par charité envers celui qui a cru bon de les pondre. Mais je regrette qu'avec votre talent de journaliste, qui est indéniable, vous vous abaissiez à une besogne de ramasseur de mégots ! Vous fourrez votre nez partout ! Vous salissez tout ! C'est indigne ! Je vous serais obligé, à l'avenir, de ne plus faire allusion à ma fille dans vos papiers.

Sans broncher, Beautilleul répliqua du tac au tac :

— Je vous le promets d'autant plus volontiers que cette lamentable histoire n'attriste pas que vous !

— Ah oui ? s'écria Armand avec une ironie grinçante. Et qui donc encore ?

— Bien des gens autour de moi trouvent que J.V.D. exagère ! Si je vous disais que...

— Ne me dites rien, trancha Armand.

Tout à coup, il pensa qu'il était sorti de son rôle en acceptant de répondre à Beautilleul et que c'était à lui de poser des questions. Mais Beautilleul était lancé :

— Ne prenez pas la chose en mauvaise part, Maître ! Si vous étiez un peu plus au courant de ce qui se passe, vous sauriez que votre fille, par sa gentillesse, par sa simplicité, plaît beaucoup au grand public. Elle a été la victime des jongleries de Désormieux. Je le connais bien, notre J.V.D. national ! Il a du talent, mais c'est avant tout une bête à publicité... Toujours à mendier une allusion flatteuse dans le compte-rendu d'une soirée, toujours à se pousser au premier rang devant les photographes ! Il tuerait père et mère pour décrocher un article. Il a embobiné votre fille. Et il est en train d'embobiner Aurore Bugatti ! Seulement Aurore, malgré ses vingt-deux ans, c'est une coriace ! Elle ne se laissera pas manipuler comme Sandy...

Tandis qu'il chuchotait ainsi à l'écart des

autres invités, Armand jetait des regards à droite, à gauche, par crainte que leur conversation ne parvînt à des oreilles indiscrètes. Mais, dans le brouhaha de la réunion, les gens ne pensaient qu'à boire, à croquer des petits fours et à débattre leurs affaires personnelles. Bien sûr, il n'y avait rien de neuf dans les propos de Beautilleul. Tout ce qu'il disait, Armand se l'était répété cent fois, en pure perte. Pourtant, cette opinion d'un étranger sur le caractère et la conduite de Sandy le bouleversait soudain comme une révélation destinée à l'éclairer sur lui-même.

— Pourquoi me racontez-vous tout ça ? dit-il avec un reste d'agressivité. Vous allez écrire un article là-dessus, dans votre canard ?

— Je vous garantis que non !

— Alors qu'attendez-vous de moi ?

— Mais rien, Maître ! Ça m'a fait plaisir de vous dire mon sentiment sur une affaire qui vous intéresse... C'est tout !

Armand allait de colère en étonnement. Jamais encore ce titre de « Maître » ne lui avait paru plus déplacé et plus ridicule. Il se demandait même comment il avait pu tolérer qu'on l'appelât ainsi, dans le passé. Peut-être, en effet, Pascal Beautilleul lui avait-il parlé pour décharger sa conscience ? Peut-être y avait-il des gens de cœur parmi les distillateurs de ragots parisiens ? Comme s'il n'eût pas été en sécurité dans cette compagnie où il ne savait plus distinguer ses amis de ses ennemis, Armand fit un sourire contraint au journaliste et murmura :

— Il faut que je file...

Alors qu'il se dirigeait, d'un pas lourd, vers la sortie, Jean Dutourd le rattrapa sur le seuil :

— Vous ne partez pas déjà ?

— Si ! Je suis fatigué !

— Une seconde ! Je voudrais vous dire deux mots du roman de Désormieux que nous venons de couronner... Vous savez bien : *Les Outrages*... Je n'en avais lu que la moitié, lorsque nous avons discuté du prix et votre enthousiasme m'avait convaincu ! J'ai voté « pour », les yeux fermés. Eh bien, j'ai fini le bouquin hier, et je déchante ! Entre nous, ça ne vaut pas tripette !

Armand redressa la taille, bomba le torse. Pascal Beautilleul, puis Jean Dutourd ! L'un après l'autre lui avaient apporté, sans le savoir, un précieux réconfort au milieu de la tourmente. Une onde de joie le parcourut. Il appliqua une tape garçonnière sur l'épaule de Jean Dutourd, ne prit congé de personne d'autre et retourna chez lui avec un regain d'énergie. Cette euphorie insolite l'accompagna jusqu'au soir. Même sa nuit fut bonne, avec des rêves stupides et reposants. Au matin, à peine Angèle lui eut-elle servi son petit déjeuner qu'il l'envoya rue Visconti avec ordre de « presser Manuela jusqu'à la dernière goutte, comme un citron ».

Une heure et demie plus tard, Angèle reparut, consternée. On eût cru qu'elle revenait d'un enterrement. Elle avait les yeux rougis et reniflait à petits coups.

— C'est affreux, affreux ! gémit-elle.

Frappé de panique, Armand osait à peine l'interroger.

— Qu'y a-t-il ? finit-il par demander. Expliquez-vous, bon Dieu !

Angèle reprit sa respiration, jeta de tous côtés un regard de détresse et dit dans un souffle :

— Monsieur Jean-Victor est parti !

— Comment ça, parti ? s'exclama Armand. Où ? En voyage ?

— Non. Tout à fait, Monsieur ! répondit Angèle. Ça nous pendait au nez ! D'après

Manuela, qui a l'œil pour ce genre de choses, il y a plus de deux semaines que le torchon brûlait entre Madame Sandy et Monsieur Jean-Victor ! Ça discutait, ça criait, ça pleurait ! Un vrai drame ! A cause de cette fichue actrice ! On a voulu en savoir plus ! Manuela a eu des billets pour le théâtre où joue la Bugatti ! Elle l'a vue sur scène et elle m'a dit qu'elle n'était pas mieux que Madame Sandy ! Plus jeune, bien sûr ! Ça ne devrait pas compter pour un homme qui a de la conscience ! Mais lui, il porte une pierre dans la poitrine... Résultat : hier, après une explication à tout casser, il a pris ses cliques et ses claques, et pfuit !

Elle fit de la main un geste imitant l'essor d'un oiseau. Dominant son émotion, Armand demanda encore :

— Comment ma fille a-t-elle réagi ?

— Très mal, Monsieur, murmura Angèle. Manuela m'a dit que, depuis, elle n'arrêtait pas de pleurer !

— Je vais aller la voir !

— Surtout pas, Monsieur ! s'écria Angèle. J'en ai parlé à Manuela, tout à l'heure. Elle croit, comme moi, qu'il faut attendre deux ou trois jours...

— Pourquoi ?

— Parce qu'on ne sait jamais... Monsieur Jean-Victor pourrait revenir...

— S'il revenait, je le foutrais dehors ! gronda Armand.

— Ce serait plutôt à Madame Sandy de le faire.

— Elle ne saurait pas, elle n'oserait pas !

— Mais elle vous en voudrait d'avoir su et osé !

La sagesse de cette remarque, venant d'une femme simple, le désarma. N'était-il pas absurde qu'il eût recours à une Angèle et à une Manuela pour résoudre ses problèmes familiaux ? Au fait, c'étaient toujours des femmes qui lui avaient dicté sa conduite. Et il passait pour un spécialiste des mystères du cœur ! Quelle dérision ! Encore une réputation usurpée ! Ne payait-il pas l'aveuglement des lecteurs d'hier par la désaffection des lecteurs d'aujourd'hui ? Mais il se moquait bien que le public se détournât de lui pourvu que Sandy lui fût rendue ! Les rares années qui lui restaient à vivre, il les emploierait à la persuader que, contrairement à ce qu'elle croyait, il y avait quelque chose de plus important pour lui que la gloire littéraire :

c'était tout bêtement l'affection de sa fille. Cette pensée lui redonna le goût, longtemps oublié, de l'avenir. Souriant à Angèle comme si elle avait été l'émissaire de Sandy, il dit avec fermeté :

— D'accord ! J'attendrai deux ou trois jours, si c'est nécessaire.

Intraitable, Angèle précisa encore les conditions de l'armistice :

— Je pense avec Manuela qu'il ne faut même pas que vous lui téléphoniez d'ici là... Ça risquerait de tout gâcher... Vous devez y aller mollo, mollo, Monsieur...

— Promis, juré ! s'écria Armand avec un entrain de jeune homme. Mais ça sera un délai de trois jours ! Pas un de plus !

Il tint parole : au bout de trois jours, sans même avoir téléphoné préalablement à Sandy, il sonna, à neuf heures trente du matin, à la porte de son appartement. Ce fut Manuela qui lui ouvrit.

— Venez ! chuchota-t-elle avec un regard complice.

— Lui avez-vous dit que je viendrais ?

— Non.

— A-t-elle demandé à me voir ?

— Non plus ! Mais je suis sûre qu'elle vous attend !

Elle le conduisit jusqu'à la chambre de sa fille et s'effaça pour le laisser entrer. L'instant d'après, il recevait dans ses bras une Sandy gonflée de larmes.

X

Les semaines suivantes furent marquées, pour Armand, par un regain d'activité, sinon littéraire du moins paternelle. Sandy avait été tellement affectée par sa disgrâce qu'il refusait de la laisser seule plus d'une heure ou deux, par crainte qu'elle ne se suicidât dans une crise de dépression. Oubliant ses vagues sujets de romans, auxquels il ne croyait guère, il accourait, six fois par jour, sous différents prétextes, comme il se fût rendu au chevet d'une malade. Et elle lui donnait réellement, à chaque visite, l'impression qu'elle souffrait « de partout » et qu'elle n'avait plus toute sa tête. Après avoir vilipendé J.V.D., elle s'accusait de n'avoir pas su le retenir, de s'être trop souvent montrée à lui sous un jour défavorable, à peine maquillée, à peine coiffée, habillée n'importe comment. Cet échec imputable, sans doute, à un manque de coquetterie lui avait ôté toute confiance en elle-même. Abandonnée par son amant, elle ne voulait plus plaire à personne. Sa vie de femme était finie. En vain Armand la suppliait-il de réagir contre ce reniement malsain des innocentes fiertés de son sexe. Elle se lavait la figure à l'eau et au savon, ne se fardait plus les lèvres, se contentait d'un coup de peigne dans ses cheveux en désordre, traînait, du matin au soir, dans une vieille robe de chambre en tissu-éponge mauve, buvait beaucoup de whisky et fumait cigarette sur cigarette en avalant la fumée. Eût-elle cherché à se détruire physiquement et moralement qu'elle n'eût pas adopté une conduite plus déraisonnable. Elle ne s'animait qu'en évoquant les péripéties de ses amours chaotiques avec J.V.D. Sans même la questionner Armand avait droit, par bribes, au récit de ses malheurs, avec le rappel des invectives échangées et des réconciliations qu'elle avait eu la faiblesse d'accepter. Elle ne faisait grâce à son père d'aucun détail de ces luttes passionnelles, où le mensonge, le calcul, la violence verbale ajoutaient du prix aux pâmoisons qui s'ensuivaient. La précision de ces souvenirs d'alcôve était telle qu'il en arrivait à partager la haine de sa fille envers ce saccageur de la réputation et de la beauté. Pour lui épargner un surcroît d'indignation, il évitait de lui montrer les journaux dans lesquels, à présent, la photo de la sémillante Aurore Bugatti avait remplacé celle de la charmante Sandy, aux côtés d'un Jean-Victor Désormieux tout faraud d'être un best-seller en amour comme en littérature. Mais Sandy se faisait apporter par Manuela les quotidiens et les magazines, dont les images, habilement sous-titrées, célébraient le bonheur de sa rivale. Elle ingurgitait ces informations comme une drogue à la fois nocive et indispensable. Et, quand Armand arrivait chez elle, c'était pour serrer contre sa poitrine une victime éplorée, qui se plaisait à perfectionner son désarroi par la lecture de la presse « intimiste ».

Heureusement, bientôt, *Un fil à la patte* ayant fait son plein de représentations à Paris partit, avec tous ses interprètes, pour une tournée à travers l'Amérique du Sud. J.V.D., décidément plus épris d'Aurore Bugatti qu'il ne l'avait été de Sandy, accompagna la troupe dans son voyage outre-Atlantique. Après quelques entrefilets sur le succès de la comédie de Feydeau au Chili, en Argentine, au Brésil, les journaux français parurent oublier J.V.D. et sa jeune compagne. Cependant, cette accalmie sur le front des opérations sentimentales ne suffit pas à calmer la vindicte de Sandy. On eût même dit qu'en s'éloignant d'elle le traître et sa maîtresse aggravaient leur cas. S'ils se cachaient à l'étranger, c'était, à coup sûr, pour préparer un retour en fanfare à Paris. Un mariage à grand renfort de publicité, peut-être ? Un ramdam pareil était assez dans leur manière de parvenus du vedettariat. Le concubinage, passe encore, mais des noces en bonne et due forme, avec la robe blanche, les orgues, les demoiselles d'honneur, les photographes, les réceptions et tout le tralala, non ! Terrifiée à la perspective de ce châtiment immérité, Sandy reprit, devant son père, l'énumération haletante de ses griefs. Comme le discours tournait à la rengaine, Armand eut soudain une illumination. Pourquoi ne tirerait-il pas un roman de l'édifiante et lamentable histoire des amours de Sandy ? Ne serait-ce pas là le meilleur moyen de la guérir de son idée fixe ?

En lui faisant part de son projet, il s'attendait à un refus immédiat, mais il espérait aussi qu'à la longue elle accepterait le principe d'une telle affabulation. Or, dès les premiers mots, elle explosa d'enthousiasme. C'était exactement ce qu'elle souhaitait sans le savoir : utiliser le talent de son père pour traduire sa rancune à l'égard de son amant. Au lieu de ravaler sa bile, elle la transformerait en un flot d'encre noire, afin qu'un grand écrivain y trempât sa plume. L'ingrat n'avait qu'à bien se tenir ! Elle le démasquerait et le laisserait dégonflé, ridiculisé aux côtés de sa théâtreuse. Bien entendu, dans ce roman à clefs, on ne citerait pas les vrais noms et on déguiserait quelque peu les faits par souci d'éviter d'éventuelles poursuites judiciaires. Armand, qui avait sérieusement réfléchi à la question, proposa que, pour brouiller les pistes sans trop s'écarter de la vérité, Jean-Victor Désormieux fût, dans le livre, un écrivain appelé Maxime Delatreille, Sandy une jeune femme libre et brillante appelée Maryse, et Aurore Bugatti une comédienne de seconde zone, appelée Corinne Pescari. Si Armand y apportait sa verve habituelle, ni J.V.D., ni son Aurore Bugatti ne se relèveraient de cette magistrale fessée. A présent, c'était Armand qui hésitait devant les aléas de l'aventure et sa fille qui le pressait de se mettre à l'ouvrage.

Or, dès le début de son travail de rédaction, il se passionna pour cette intrigue mi-véridique, mi-transposée, et retrouva, comme par miracle, une aisance d'écriture qu'il croyait à jamais perdue. Chaque soir, il se rendait rue Visconti pour lire à sa fille les dernières pages qu'elle lui avait inspirées. Ce va-et-vient entre les deux appartements devint vite si fastidieux que, pour plus de commodité, il transporta chez elle son manuscrit, ses notes et quelques livres de référence, et finit par s'y installer à demeure. Sandy aménagea à son intention la chambre d'amis. Il en fit son bureau. Enfermé dans sa retraite et réchauffé par une présence affectueuse derrière le mur, il eut soudain l'illusion de commencer une nouvelle existence. Il était à la fois chez lui et en visite. Tour à tour maître des lieux et invité, il plaisantait Sandy sur le rôle ambigu qu'il remplissait à ses côtés. Tantôt il avait envie de se laisser aller devant elle à une lassitude qui eût été excusable à son âge, et tantôt il voulait la surprendre par une vivacité d'esprit et un entrain demeurés intacts malgré les années. D'ailleurs, vivant dans l'intimité de sa fille, il surveillait davantage sa tenue vestimentaire. Un jour, elle le complimenta parce qu'il arborait une chemise vert amande, à col ouvert, qu'il avait mise au rancart, jadis, la jugeant « trop voyante, trop jeune », et il en fut secrètement chatouillé dans sa vanité sénile. Lui aussi, du reste, la félicitait parfois sur son maquillage très discret, ou sur une robe qu'il découvrait soudain et dont elle disait en riant qu'il la lui avait déjà vue cent fois. Mais elle répugnait encore à prendre rendez-vous chez son coiffeur pour une coupe et un coup de peigne. Il la suppliait de le faire :

— Je t'assure que tu devrais...

— Pourquoi ? Pour qui ? rétorquait-elle tristement.

— Mais pour toi-même, et un peu pour moi !

Elle souriait :

— Oui, oui... J'irai... Plus tard... Au fait, toi aussi, tu devrais aller chez le coiffeur, papa ! Que diront tes confrères si tu arrives à l'Académie avec des cheveux jusqu'aux épaules !

C'était entre eux un échange de petits bravos et de petites taquineries, un badinage confidentiel et du meilleur ton. Comme s'ils se consolaient, elle de n'avoir plus d'amant, lui de n'avoir plus de femme, en se livrant au jeu inoffensif du père et de la fille qui s'admirent. Et cette délicieuse entente était encore renforcée, chez Armand, par l'idée du livre qu'il avait entrepris d'écrire afin de faire oublier à Sandy un échec amoureux dont il n'osait dire qu'il le souhaitait depuis longtemps. Caché derrière les personnages fictifs de la ravissante et spirituelle Maryse, du volage et tortueux Maxime Delatreille et de la minable Corinne Pescari, il jubilait en abattant page sur page. Son élan lui rappelait l'enthousiasme et la verdeur de ses débuts. L'univers entier était à réinventer. Etait-ce le sujet qui l'inspirait ou l'idée qu'il n'avait qu'à ouvrir la porte pour surprendre Sandy dans une de ses occupations quotidiennes ? Quand il avait suffisamment peiné sur un chapitre, il la convoquait pour le lui lire, « sorti tout chaud du four », selon son expression. A la fois héroïne du roman et juge de sa qualité, elle écoutait religieusement le récit de ses infortunes, approuvait la plupart du temps la version qu'en donnait son historiographe, suggérait une nuance ou ajoutait une particularité savoureuse pour pimenter l'ensemble.

— Il me revient un souvenir cocasse, disait-elle. C'est typique : quand il avait l'intention de me tromper, je le savais toujours, parce que, la veille, il se faisait les ongles ! Et même, il les polissait ! Ça ne manquait jamais ! Dès qu'il s'occupait de ses mains, j'étais fixée !

Armand, amusé, notait le détail avec une cruauté reconnaissante. En se consacrant à cette besogne de mise au point, il avait le sentiment d'œuvrer à la fois pour le bien de sa fille et pour le sien propre. Et, de fait, en réhabilitant Sandy, dont l'honneur avait été éclaboussé, il s'accordait la satisfaction de châtier J.V.D. qui lui portait ombrage dans sa carrière d'écrivain. Pour avoir encore plus de cœur à l'ouvrage, il songeait que peu d'hommes avaient eu, avant lui, la chance d'être un redresseur de torts en amour comme en littérature. C'était un règlement de comptes, une vendetta à double détente, dont il avait reçu la mission par une faveur du Ciel. Lorsque Sandy et lui se retrouvaient à table pour leurs habituels petits repas en tête à tête, leur conversation était celle de deux complices. Propulsé par l'émulation du père et de la fille, le roman avançait par bonds de géant. D'un commun accord, ils en avaient arrêté le titre : *Bonjour, au revoir, adieu* ! Cette formule passe-partout résumait en peu de mots la marche vers l'abîme d'une femme que son âge avait rendue vulnérable aux micmacs d'un truqueur. Aussi bien Armand que Sandy se réjouissaient *in petto* de la fureur qui saisirait J.V.D. quand il se verrait ainsi déculotté. La preuve que, dans le cas de Sandy, cette thérapie par l'écriture était plus efficace que tous les discours sentencieux et tous les tranquillisants pharmaceutiques fut donnée à Armand lorsque sa fille accepta de retourner chez son coiffeur. Elle en revint transfigurée. Ce n'étaient pas seulement ses cheveux, c'était son âme qui avait été « shampooinée », recolorée et remise en plis. A dater de ce jour, son père put se dire qu'il avait rendu la vie à son enfant. Responsable jadis de sa naissance, il l'était aujourd'hui de sa renaissance. Pour un peu, il eût accepté qu'elle retombât amoureuse d'un homme. A condition toutefois que ce ne fût pas d'un écrivain ! Mais elle restait sage, effacée, cloîtrée, attachée à son père et attendant avec impatience la publication de *leur* livre.

Ils avaient si bien organisé leur existence en commun qu'ils ne songeaient plus à se séparer. Après l'emménagement d'Armand rue Visconti, Angèle l'avait suivi dans son nouveau domicile. Elle y avait rejoint Manuela. Pour Armand, cette pléthore de personnel était justifiée, puisque aussi bien la femme de ménage de Sandy que sa femme de chambre à lui avaient participé au complot. De simples servantes elles étaient devenues acolytes, ce qui, en même temps qu'une promotion, était pour elles un gage de sécurité dans l'emploi. Avec quatre personnes associées à la même opération de représailles, l'appartement de la rue Visconti prenait l'aspect d'un repaire de conspirateurs. On y travaillait ferme à la préparation d'une bombe d'encre et de papier.

La rédaction allait si bon train qu'au bout de deux mois et demi Armand put remettre aux Editions du Pertuis le manuscrit complet de *Bonjour, au revoir, adieu.* L'ayant dévoré en quarante-huit heures, Bertrand Lebroucq le jugea très émouvant, « très public », mais il craignait que l'impudeur de certaines révélations ne choquât la sensibilité des lectrices.

— Il est toujours dangereux de publier un roman à clefs ! dit-il finalement.

— Même si ces clefs sont enfouies au fond des poches ! rétorqua Armand.

— Vous savez bien qu'aucune poche ne résiste à une main féminine un peu fureteuse ! Je vous mets en garde, comme c'est mon devoir d'éditeur. L'affaire me paraît « jouable », mais elle n'est pas de tout repos. Et la concurrence sera rude. J'ai reçu, la semaine dernière, le manuscrit du futur bouquin de J.V.D. : *In extremis*. C'est de première bourre !

— Vous allez le publier ?

— Bien sûr ! Il y a quelques mois, il avait cherché à fausser compagnie aux Editions du Pertuis, mais je viens de lui téléphoner à Rio de Janeiro, où il a suivi la tournée d'*Un fil à la patte*. Nous nous sommes mis d'accord sur tout. Il rentrera à Paris pour la sortie de son roman.

— *In extremis* paraîtra donc en même temps que *Bonjour, au revoir, adieu* ?

— A quelques jours près, sans doute. Ça vous gêne ?

— Nullement ! dit Armand avec superbe. Je n'ai rien à craindre de ce côté-là !

— En effet ! D'ailleurs, vos deux ouvrages sont si différents !...

En retrouvant sa fille à la maison, Armand évita de lui apprendre que, par une fâcheuse coïncidence, le prochain roman de J.V.D. et le leur sortiraient des presses simultanément. A quoi bon alarmer Sandy par avance ? Il serait toujours temps de prendre des précautions pour lui épargner les mauvaises surprises, quand J.V.D. et Aurore Bugatti reviendraient de leur périple exotique. L'essentiel, pour l'instant, était de procéder avec soin à la révision du manuscrit, à la correction des épreuves, de s'entendre avec les attachées de presse et les gens du service publicitaire sur les modalités du lancement. Ces menues préoccupations professionnelles masquèrent, dans l'esprit d'Armand, l'angoisse qu'il éprouvait chaque fois qu'un de ses livres devait affronter le jugement de milliers d'inconnus.

Bonjour, au revoir, adieu fut mis en vente au début du mois de mai. Les premiers articles furent d'une tiédeur aimable. On louait certes le style élégant d'Armand Boisier et sa connaissance des subtilités de l'amour dans un couple, mais aucun chroniqueur ne s'avisait de crier à la révélation. Ce fut le bouche-à-oreille qui déclencha mystérieusement l'enthousiasme des foules. La nouvelle qu'un chef-d'œuvre venait de naître et que l'auteur avait su, en quelques pages, rendre hommage à la souffrance et à la dignité de la femme de quarante-huit ans se répandit avec la rapidité d'une flambée à travers la France. Partout, des épouses abandonnées, des maîtresses frustrées, des vierges impatientes, des veuves esseulées et rancunières, des dames mûres déplorant les effets de l'âge sur leur corps naguère désirable se reconnaissaient dans la triste aventure de Maryse, alias Sandy, victime d'un malotru orgueilleux. Heureuses d'être enfin comprises d'un écrivain mâle, octogénaire de surcroît, des dizaines de lectrices assiégeaient les librairies où, déjà, on manquait de volumes. Alors que le *Bonjour, au revoir, adieu* d'Armand Boisier escaladait la liste des best-sellers, l'*In extremis* de J.V.D. piétinait honteusement au bas du tableau d'honneur. Bertrand Lebroucq se frottait les mains et les attachées de presse ne savaient plus qu'inventer pour faire mousser un livre qui « marchait tout seul ».

Quant à Armand, après quelques jours d'un vertige euphorique, il retomba dans des doutes et des regrets incompréhensibles. Plus le public se passionnait pour son roman, et moins il était fier de l'avoir écrit. A force de réfléchir à son cas, il se disait qu'il bénéficiait, une fois de plus, d'un malentendu, lequel, tôt ou tard, se retournerait contre lui. De toute évidence, ce que les lecteurs appréciaient dans son récit, ce n'était pas l'invention, la perspicacité, la psychologie, le style, mais le parfum de scandale qui se dégageait de l'ensemble. Ils le feuilletaient pour y renifler des relents de chambre à coucher. Ils achetaient, moyennant quelques francs, le droit de coller leur œil au trou de la serrure afin de surprendre des scènes de dispute ou d'amour frénétiques. Bien sûr, les noms des protagonistes avaient été changés. Mais, grâce aux « fuites » des journaux, l'identification était facile. Quiconque savait lire entre les lignes discernait vite qu'il s'agissait de la fille de l'académicien français Boisier et du « compagnon » de celle-ci, le séduisant et brillant écrivain J.V.D. Conscient de l'interprétation transparente que chacun donnait de cette histoire, Armand se demandait comment il avait eu la faiblesse de prêter sa plume à cette basse entreprise de déshabillage. Obnubilé par le désir de réconforter Sandy, il n'avait pas compris qu'une opération commerciale de ce genre ne pourrait jamais être une œuvre d'art. Il s'était galvaudé en pensant se renouveler. Il s'était vendu en espérant se grandir. Il avait desservi Sandy en croyant la venger. Absurde ! Délirant ! Avec le recul, il savait maintenant qu'il avait manqué son coup. Ce bouquin de circonstance ne méritait pas de figurer dans la liste de ses œuvres complètes. Il n'aurait pas dû le signer. Faire comme Romain Gary autrefois, publier le roman sous un pseudonyme et observer, de loin, les réactions des gogos. Evidemment, sous cette couverture anonyme, l'ouvrage n'aurait pas eu le même retentissement. La belle affaire ! Tout en souhaitant se faire entendre du plus grand nombre, Armand s'était toujours défendu de quêter, ouvertement ou non, l'approbation de la multitude. En dépit des apparences, il n'avait pas changé. Ce qu'il recherchait, aujourd'hui comme hier, c'était un accord silencieux entre ce qu'il avait fait et ce qu'il avait eu l'intention de faire, la possibilité de se dire, au terme d'un long travail, qu'il avait bien rempli le contrat passé, à l'insu de tous, avec lui-même. Or, ce contrat, pour la première fois peut-être avec *Bonjour, au revoir, adieu*, il lui semblait l'avoir trahi. Alors que Sandy continuait à se réjouir des ventes superbes du livre et de la présence inébranlable du titre dans le palmarès des best-sellers, Armand n'osait lui avouer à quel point tout cela lui était devenu indifférent et combien il regrettait un triomphe d'aussi mauvais aloi.

Entre-temps, J.V.D. et Aurore Bugatti étaient revenus à Paris. Ce retour inopiné amena une saine diversion dans les préoccupations d'Armand et de sa fille. Constatant le fiasco de son dernier roman, J.V.D. avait essayé de le relancer par toutes sortes d'échos alléchants dans les journaux. Malgré les nombreux amis qu'il comptait dans les salles de rédaction, le résultat fut décevant. Le vent de la popularité soufflait déjà sur d'autres têtes, ébouriffait d'autres chevelures. Alors, J.V.D. tenta un grand coup et annonça qu'il songeait à épouser sa compagne, Aurore Bugatti. Cette révélation, que l'intéressée démentit aussitôt, tomba comme un caillou au fond d'un puits. Même Sandy n'en fut nullement affectée. L'idée d'un mariage possible de son ex-amant avec la comédienne ne fit que renforcer son mépris pour le détestable auteur d'*In extremis*.

— Dommage qu'ils ne se marient pas ! murmura-t-elle, le regard perdu au loin.

— Comment peux-tu dire ça ? s'écria Armand, toujours aussi naïf.

— Ça nous aurait fourni un rebondissement de plus pour un prochain roman, répondit-elle, sans hésiter.

Il supposa d'abord qu'elle plaisantait, mais très vite elle le détrompa :

— Je t'assure qu'il y aurait matière, papa !

Stupéfait, il comprit que, croyant s'adresser à sa fille, il s'adressait à un confrère. Grisée par le succès, elle envisageait maintenant d'écrire, avec son père, un roman que, cette fois, ils signeraient ensemble. Elle lui en parla comme de la conséquence naturelle de leur première expérience. Affolé à la perspective d'une deuxième confession déguisée et d'un deuxième succès scandaleux, Armand voulut refuser tout net. Mais Sandy sut mettre une douceur si engageante dans son regard qu'il fondit sous un afflux de tendresse paternelle et de vanité littéraire. Ce qui le décida, ce fut la pensée que, pour cette nouvelle publication, le nom de Sandy figurerait à côté du sien sur la couverture. Il voyait là un délicieux aveu de leur connivence dans l'écriture comme dans la vie. Le soir, pendant leur dîner de faux amoureux, face à face, servis en alternance par Manuela et par Angèle, ils s'amusaient à imaginer l'intrigue de ce livre, qui pourrait être — pourquoi pas ? — la suite de *Bonjour, au revoir, adieu*. Armand proposa un titre, que Sandy accepta d'emblée. Cela s'appellerait *La Récidive des adieux* et relaterait l'histoire d'une jeune veuve qui, délivrée des liens pervers de la sexualité, trouverait son bonheur dans la fréquentation d'un homme de génie ayant le double de son âge.

Pendant qu'ils discutaient les péripéties de ce futur chef-d'œuvre, *Bonjour, au revoir, adieu* se vendait comme des petits pains. De semaine en semaine, il grimpait dans le palmarès des libraires. Autre sujet de satisfaction pour Sandy : le projet de mariage de J.V.D. et d'Aurore Bugatti était à l'eau. Selon les derniers échos des gazettes, le couple s'était séparé d'un commun accord. Après avoir amusé la galerie, ni l'un ni l'autre des protagonistes de cet intermède amoureux n'intéressait plus personne. Vers la mi-juin, Sandy entra, un matin, dans la chambre-bureau de son père en brandissant une liasse de journaux et de magazines. Son visage rayonnait d'une détermination guerrière. C'était Minerve revenant d'un combat triomphal. Dressée devant Armand, elle dit d'une voix altérée par l'émotion :

— Ça y est, papa, nous sommes numéro un !

Foudroyé sur place, Armand se leva et fit un pas en s'appuyant lourdement d'une main au dossier de son fauteuil.

— Et J.V.D. ? balbutia-t-il.

— Il ne figure même pas sur la liste des best-sellers !

Un excès de bonheur, mêlé d'une crainte panique, submergea le cerveau d'Armand. Il porta la main à son cœur, ouvrit la bouche comme pour aspirer en une seule goulée tout l'air de la pièce et s'écroula, les jambes coupées, devant sa table de travail.

Epouvantée, Sandy tenta de ranimer son père. Elle se rappelait qu'il avait eu souvent ce genre de syncopes. Mais, cette fois, le malaise paraissait plus profond. Appelées à la rescousse, Manuela et Angèle ne purent que glisser un coussin sous la tête d'Armand et le recouvrir d'un plaid pour éviter qu'il ne prît froid.

Alertés par téléphone, les gens du Samu transportèrent le malade en ambulance jusqu'à l'hôpital Necker. Armand Boisier y succomba à une seconde crise cardiaque sans avoir repris connaissance.

ÉPILOGUE

Les funérailles furent superbes. Le Tout-Paris littéraire et artistique se pressait dans l'église de Saint-Germain-des-Prés pour rendre un ultime hommage à l'écrivain qui avait si bien parlé des femmes sur ses vieux jours. Son habit, son bicorne et son épée d'académicien avaient été disposés sur le catafalque. Malgré la chaleur de ce début d'été, certains de ses confrères avaient revêtu leur uniforme à broderies vertes pour assister à l'office religieux. Bertrand Lebroucq, éditeur inconsolable, soutenait Sandy qui titubait de chagrin. Elle seule, sans doute, était sincère au milieu de ce grand deuil officiel. Tout à coup, elle avait conscience d'être devenue inutile, comme fille, comme femme et plus simplement comme être humain. Ayant perdu son père, elle était persuadée de n'avoir plus aucun but dans l'existence et d'en être réduite à remâcher des souvenirs pour tuer le temps. Heureusement, J.V.D. avait eu le bon goût de ne pas venir aux obsèques : il était retenu en province par des séances de dédicaces.

Les semaines suivantes furent, pour Sandy, un long tunnel de pénombre et de froid. Nourrie de réminiscences, elle ne s'efforçait même plus de varier le menu de ses rêveries. Tous les jours, c'était le même brouet noir de regrets, de hargne et de désillusion.

Selon l'usage, sept mois après la mort d'Armand Boisier, la vacance du fauteuil qu'il occupait, depuis trente ans, à l'Académie française fut officiellement déclarée. Aussitôt, plusieurs écrivains adressèrent à Mme le Secrétaire perpétuel leur lettre de candidature. Les journaux signalèrent avec insistance celle présentée par Jean-Victor Désormieux. Parmi les académiciens, les réactions furent mitigées. Certains estimèrent que J.V.D. n'avait pas une œuvre assez importante pour mériter de siéger parmi eux. D'autres, en revanche, soutinrent qu'en élisant un auteur plébiscité par le public et la critique, l'Académie rajeunirait ses cadres et donnerait l'impression de s'ouvrir à la littérature du troisième millénaire. L'audace de son ex-amant révolta Sandy. Elle espéra que l'outrecuidant personnage serait battu. Poussée par une pensée machiavélique, elle entreprit même de mener, auprès des amis de feu Armand Boisier, une campagne de dénigrement contre ce prétendant indésirable. Elle allait trouver les académiciens, l'un après l'autre, et leur exposait ses inquiétudes en se retranchant, chaque fois, derrière l'opinion que son père avait toujours eue de J.V.D. Elle affirmait qu'elle l'avait souvent entendu critiquer les aspirations insensées de ce « jeune loup » aux honneurs de la Coupole. Elle disait : « Mon père considérait que Désormieux n'avait pas encore un talent assez affirmé pour que l'Académie songeât à lui accorder un jour ses suffrages, et qu'il fallait placer la barre beaucoup plus haut ! » Et même : « J'ai été avisée, par des gens bien informés, que les derniers livres de J.V.D. n'étaient pas entièrement de sa main ! L'Académie devrait se renseigner avant de prendre le risque d'élire un faussaire ! » Elle ajoutait : « Je n'ai aucun titre à vous conseiller la prudence et rien ne m'autorise à influer sur votre choix. Simplement, comme il s'agit de la succession de mon père, je me dois de vous communiquer ses sentiments sur celui qui brigue son fauteuil. » On l'écoutait en soupirant. On lui promettait de tenir le plus grand compte de sa mise en garde et de participer « au tir de barrage » qui se préparait dans l'ombre. Mais il arrive parfois qu'au moment du scrutin les meilleures intentions se volatilisent comme un brouillard trompeur aux premiers rayons du soleil. Le jour venu, J.V.D. fut élu à l'unanimité moins une voix. Le vote se déroulant à bulletins secrets, nul ne sut jamais qui avait refusé son suffrage à l'auteur d'*In extremis*.

Quelques mois plus tard, ce fut, comme il se doit, J.V.D. qui prononça, sous la coupole, l'éloge funèbre de son prédécesseur. Il avait utilisé pour rédiger son texte les notes qu'il avait prises jadis pendant qu'il préparait la biographie restée inachevée de *Scorpion ascendant Scorpion*. La péroraison de son discours fut saluée par une ovation qui s'adressait autant au défunt qu'à son successeur. Le confrère qui le recevait au nom de la Compagnie le couvrit de fleurs et évoqua avec éloquence sa jeune et étincelante carrière, entièrement vouée à la méditation, à la littérature et à l'amitié. « Vous êtes, Monsieur, lui dit-il, un exemple pour tous ceux qui ont à cœur de réussir aussi bien leur œuvre que leur vie. » De nouveau, des battements de mains et des bravos déferlèrent.

Assise au premier rang du public, Sandy se garda ostensiblement d'applaudir. Elle ne parut pas au cocktail que les Editions du Pertuis donnèrent en l'honneur du dernier-né des immortels. On n'a plus jamais signalé sa présence aux réceptions de l'Académie française. Mais elle ne s'en est montrée que plus résolue à défendre la mémoire de son père. Vouée à cette vénération posthume, elle était tous les jours pendue au téléphone pour exiger des éditeurs une nouvelle publication de tel ou tel roman d'Armand Boisier. Etouffant en soi un restant d'orgueil, elle relançait même des journalistes de sa connaissance pour leur suggérer une analyse exhaustive de l'œuvre du grand homme. Servante d'une idole à jamais disparue, elle trouvait dans cet oubli d'elle-même un deuxième sens à sa solitude. Ni les autres livres qui fleurissaient dans les librairies, ni les aventures personnelles de ses amis, ni les habituelles manigances de la politique, ni les menaces de guerre aux quatre coins du globe ne la détournaient de ses obligations de vestale. C'était ce qu'elle appelait sa façon de tout sacrifier à l'art sublime de « l'imagination créatrice et du langage sublimatoire ». Peu après, le désir de servir la renommée intemporelle de son père l'amena à s'intéresser aux efforts des romanciers survivants. Elle finit par accepter le rôle d'attachée de presse, puis de directrice littéraire, dans une nouvelle maison d'édition, « Le Clin d'Œil », à condition qu'on réimprimât les premiers écrits d'Armand Boisier. Hélas ! celui-ci, jadis célèbre, était totalement passé de mode. La presse ne parla même pas de ce timide essai de résurrection. Alors, Sandy se décida à abattre son dernier atout et rédigea un recueil de souvenirs qui dépeignaient son père sous les traits d'un génie illuminé, tendre et débonnaire à la fois. L'ouvrage, intitulé *Mon enfance à l'ombre d'Armand Boisier*, sombra dans un marécage d'indifférence. A croire que la France entière était devenue amnésique et que l'homme à qui, avant-hier encore, les médias tressaient des couronnes n'avait jamais existé. Ulcérée par tant d'ingratitude après tant de louanges, Sandy se vengea de l'injustice de ses contemporains en refusant, coup sur coup, en tant que directrice littéraire du Clin d'Œil, les manuscrits de plusieurs inconnus. Ses prises de position lui valurent une certaine notoriété parmi les gens de plume. Les débutants la redoutaient et même des auteurs confirmés recherchaient ses avis. Pour eux, Sandy avait encore un pied dans les couloirs de l'Académie française. On parlait d'elle, dans les gazettes, comme d'une égérie du monde des lettres.

Après avoir torpillé, sans remords, nombre de textes secondaires, elle vient de découvrir un jeune écrivain, transfuge des Editions du Pertuis. Elle songe à utiliser les sympathies qu'elle a conservées chez une demi-douzaine d'académiciens pour lui faire obtenir le Grand Prix du Roman. Sa seule crainte est que Jean-Victor Désormieux, qui lui a gardé une dent, ne se mette en travers de son projet. Si tout se passe bien, elle serait disposée à le revoir.

DU MÊME AUTEUR

Romans isolés

Cycles romanesques

LES SEMAILLES ET LES MOISSONS (Plon)
I – LES SEMAILLES ET LES MOISSONS
II – AMÉLIE
III – LA GRIVE
IV – TENDRE ET VIOLENTE ÉLISABETH
V – LA RENCONTRE

LES EYGLETIÈRE (Flammarion)
I – LES EYGLETIÈRE
II – LA FAIM DES LIONCEAUX
III – LA MALANDRE

LA LUMIÈRE DES JUSTES (Flammarion)
I – LES COMPAGNONS DU COQUELICOT
II – LA BARYNIA
III – LA GLOIRE DES VAINCUS
IV – LES DAMES DE SIBÉRIE
V – SOPHIE OU LA FIN DES COMBATS

LES HÉRITIERS DE L'AVENIR (Flammarion)
I – LE CAHIER
II – CENT UN COUPS DE CANON
III – L'ÉLÉPHANT BLANC

TANT QUE LA TERRE DURERA... (La Table Ronde)
I – TANT QUE LA TERRE DURERA...
II – LE SAC ET LA CENDRE
III – ÉTRANGERS SUR LA TERRE

LE MOSCOVITE (Flammarion)
I – LE MOSCOVITE
II – LES DÉSORDRES SECRETS
III – LES FEUX DU MATIN

VIOU (Flammarion)
I – VIOU
II – A DEMAIN, SYLVIE
III – LE TROISIÈME BONHEUR

Nouvelles

LA CLEF DE VOÛTE (Plon)
LA FOSSE COMMUNE (Plon)
LE JUGEMENT DE DIEU (Plon)
DU PHILANTHROPE À LA ROUQUINE (Flammarion)
LE GESTE D'ÈVE (Flammarion)
LES AILES DU DIABLE (Flammarion)

Biographies

DOSTOÏEVSKI (Fayard)
POUCHKINE (Perrin)
L'ÉTRANGE DESTIN DE LERMONTOV (Perrin)
TOLSTOÏ (Fayard)
GOGOL (Flammarion)
CATHERINE LA GRANDE (Flammarion)
PIERRE LE GRAND (Flammarion)
ALEXANDRE Ier (Flammarion)
IVAN LE TERRIBLE (Flammarion)
TCHEKHOV (Flammarion)
TOURGUENIEV (Flammarion)
GORKI (Flammarion)
FLAUBERT (Flammarion)
MAUPASSANT (Flammarion)
ALEXANDRE II (Flammarion)
NICOLAS II (Flammarion)
ZOLA (Flammarion)
VERLAINE (Flammarion)
BAUDELAIRE (Flammarion)
BALZAC (Flammarion)
RASPOUTINE (Flammarion)
JULIETTE DROUET (Flammarion)
TERRIBLES TSARINES (Grasset)
LES TURBULENCES D'UNE GRANDE FAMILLE (Grasset)
NICOLAS Ier (Perrin)

Essais, voyages, divers

LA CASE DE L'ONCLE SAM (La Table Ronde)
DE GRATTE-CIEL EN COCOTIER (Plon)
SAINTE-RUSSIE, *Réflexions et souvenirs* (Grasset)
LES PONTS DE PARIS, *illustré d'aquarelles* (Flammarion)
NAISSANCE D'UNE DAUPHINE (Gallimard)
LA VIE QUOTIDIENNE EN RUSSIE AU TEMPS DU DERNIER TSAR (Hachette)
UN SI LONG CHEMIN (Stock)

Impression réalisée sur CAMERON par

BUSSIÈRE CAMEDAN IMPRIMERIES

GROUPE CPI

à Saint-Amand-Montrond (Cher)
pour le compte des Éditions Grasset
en mars 2001

N° d'Édition : 11886. N° d'Impression : 011173/4.
Première édition : dépôt légal : février 2001.
Nouveau tirage : dépôt légal : mars 2001

Imprimé en France

ISBN broché : 2-246-61661-1
ISBN luxes : 2-246-61660-3